U0901668

漳州作家丛书

陈燕松／主编

时光之书

陈子铭／著

中國華僑出版社

·北京·

图书在版编目（CIP）数据

漳州作家丛书 / 陈燕松主编 .—北京：中国华侨出版社，2018. 10

ISBN 978-7-5113-7767-8

Ⅰ . ①漳… Ⅱ . ①陈… Ⅲ . ①中国文学—当代文学—作品综合集 Ⅳ . ① I217.1

中国版本图书馆 CIP 数据核字（2018）第 216910 号

漳州作家丛书：时光之书

主　　编 / 陈燕松
著　　者 / 陈子铭
责任编辑 / 焕　章
责任校对 / 孙　丽
经　　销 / 新华书店
开　　本 / 670 毫米 ×960 毫米　1/16　印张 /324　字数 /4281 千字
印　　刷 / 三河市华润印刷有限公司
版　　次 / 2018 年 11 月第 1 版　2020 年 2 月第 2 次印刷
书　　号 / ISBN 978-7-5113-7767-8
定　　价 / 980.00 元（全 24 册）

中国华侨出版社　北京市朝阳区西坝河东里 77 号楼底商 5 号　邮编：100028
法律顾问：陈鹰律师事务所
编辑部：（010）64443056　　64443979
发行部：（010）64443051　　传真：（010）64439708
网　址：www.oveaschin.com
E-mail：oveaschin@sina.com

《漳州作家丛书》总序

漳州是中国历史文化名城，历史悠久，文化深厚。在文化的星空，群星璀璨，先后涌现出黄道周、林语堂、许地山、杨骚等文化名人，令我们引以为傲。

四十年改革开放，四十年风雨兼程。漳州土地，生机盎然，文学创作也迎来繁荣发展的春天。应是春风吹拂，应是文脉相承，一支包括了老、中、青三代作家的队伍正在悄然形成。2004 年，漳州市委宣传部、漳州市文联编辑出版了第一套《漳州作家丛书》，有十二人，十二本。时隔十多年，在祖国改革开放四十周年的今天，漳州市委宣传部、漳州市文联再次编辑出版第二套《漳州作家丛书》，展现活跃在省内外文坛的二十四位当代作家的创作风采。十二到二十四，这不仅是作家作品数量的增加，更是漳州文学创作水平质的飞跃。

《漳州作家丛书》的出版，旨在展现漳州作家的创作成果和创造实力。以期让更多的人，通过这套丛书，了解漳州，关注漳州，热爱漳州。同时，我们也希望，通过这套丛书的出版，能够激发漳州作家深入生活，体验人生，潜心于文学创作，用更好的作品回馈家乡，回馈人民，回馈时代。

《漳州作家丛书》编委会

2018 年 10 月 1 日

关于时光之书

这些年散落的文字，汇集成关于时光流转的书，那些已经成为过去的人和事，无意间泄露了隐匿在不同角落里的秘密。无论青嫩如初，或者行将凋零，那都是思绪浮在互联网时代的羽痕……

目 / 录

一、城事

二、河山

三、瀚海

一、城事

一座城市的缘起

在历史的长河里，曾经发生过无数城市的诞生与消亡，每一座城市从她兴起的那一天起，必然携带着赖以生存的文化传承的信息。一座拥有一千三百年历史的城市，它缘起何处？一种独特的人文底蕴，它根生何方？遥想我们的祖先生活过的这片土地，它的前世今生，令人神往。

唐总章二年（669 年），一支数千人的军队经过长途跋涉从中原地区来到介于泉州(今福建福州)和潮州之间的崇山茂林，对于当时的唐王朝来说，这似乎不过是一次旨在巩固东南边陲的规模不大的军事行动，而对于现在我们称之为漳州的这一块土地而言，却是一次由蛮荒之地走向中原文明的历史性转折。

无论是这支军队的统帅岭南行军总管、玉钤卫翊府左郎将归德将军陈政，或者是下级军官府兵队正宋用，大约谁也不曾料到，他们的到来，不仅改写了这个地方的历史，而且他们的子孙后裔，从此带着河洛文化的独特印记，在距离唐都万里之遥的地方，生根发芽，枝繁叶茂，成为一支在闽、粤、琼、台以及东南亚地区有着广泛影响的特殊群体。

陈政、陈元光父子率军入闽，源于所谓“蛮獠啸乱”。历史上被称为“蛮獠”的少数民族，学术界一般认为是古百越族的后裔和现代畲族的祖先，当时处于氏族社会末期，刀耕火种，四处迁徙，与生活在同一区域的从事定居农业生产的汉族的摩擦时有发生。这个擅长狩猎的民族，强悍、凶猛，啸集于荒山野林、鸟兽出没之地，中央政府鞭长莫及。六朝以来，东南边陲形势动荡，终于在唐初酿成“啸乱”，惊动朝野，忙于西北、西南、北部、东北用兵的唐王朝如芒刺在背。

陈政、陈元光父子率五十八姓河洛郎入闽平乱，一开始便显示了这不仅仅是一次单纯的军事行动，唐高宗给陈政的任务是“前往七闽百越交界绥安县地方，相视山原，开屯建堡，靖寇患于炎荒，奠皇恩于绝域”。显然有确保边境长治久安的意思。

那时，陈政大约没有意识到：此后一百五十年的世间里，他和他的子孙将作为军事或行政长官守护这一方土地。故乡从此成了温暖的梦，他乡成了故乡，那代表源头的“颍川”族号，在远离固始的东南海滨的庙堂，高悬成永恒的念想。

战事初期似乎并不顺利，陈政带来的3600名府兵和123名将校一开始便面临困境。若干年前的九龙江流域是一个象群肆虐、瘴疠横行的绝域，蛮兵尖锐的呼啸声曾使虎豹噤声蛰伏，死亡与府兵行进的脚步如形影相随，初来乍到的唐军一度困守地势险要的九龙山。

唐军随后增兵至近万人，16岁的陈元光出现在这支援兵队伍里，这是陈元光军事生涯的开始，当这个出身开国勋族的固始少年，放弃优雅的书舍、温暖的家园和唐都长安浮华的生活而选择追随父辈的足迹从军于蛮荒之时，他的名字便注定将与一座新的州郡紧紧联系在一起。

得到增援后的唐军，开始有余力应对错综复杂的环境变化。这群河洛郎在陌生的土地上开荒垦田，且耕且战，逐渐站稳了脚跟。到凤仪二年（677年），陈政病逝，陈元光子袭父职时，局面得到了控制。

陈元光的军事才能在此后几年中被充分展示出来，在许天正、李伯瑶、沈世纪等一大批将领的辅佐下，当年走马长安的少年郎，成为叱咤风云的军队统帅。其时，崖山陈谦起兵攻陷凤州，岭左战火复起。仪凤二年，又联结“诸蛮”苗自成、雷万兴部攻陷朝阳，横行闽粤。唐军剿抚并举，相继收附 36 峒寨，永隆年间（680 ~ 681 年），盘陀岭下发生了一次决定性的战役，陈元光击溃蛮獠主力，唐军由此拓地千里，边陲之地就此安定下来。

今天的盘陀岭看起来安宁祥和，巍巍群山隐去了两军对峙时的肃杀，曾经承受铁蹄践踏的汉唐古道在水泥地下沉睡不醒，唯有疾驰的汽车，有时让人联想起嘶鸣的战马。

武则天垂拱二年（686 年），唐都长安依然高奏盛世欢歌，刚经过战争洗礼的九龙江流域，此时正在等待一双精于梳理的手。这一年，经陈元光奏请，裴炎、娄师德、裴行立、狄仁杰一班大臣支持，朝廷诏准在当时的泉州和潮州间建一州二县，陈元光为首任刺史，州治设于西林（今福建云霄境内）。西林有江酷似上党之清漳水，此前曾被思乡的陈政命名为漳江。漳江水穿郡城而过，这个新建的州郡便被命名为“漳州”。此后，这个带着中原刻痕的名字，与我们现在依然生活着的城市相知相随，千年不改。

武则天垂拱二年十二月初九，这个滨临大海的唐王朝的最年轻的州郡，成为那上万名来自中原的士兵艰险旅途的终点，在此之前，这里是蛮荒之地；在此之后，这里渐成文明之邦。许多中原族系，在这里成了新的缘起。

漳州领漳浦、怀恩两县，东西三百七十里，南北三百九十里。距离六千四百五十里的地方，是艳阳高照的唐都长安；距离五千六百四十里的地方，是国色天香的洛阳。

陈元光于州郡四境设立四行台三十堡，拱卫一方。随着戍守士兵的脚步声踏破闽南山间的宁静，漳州出现了难得的太平景象。《漳州府志》说，当时“北距泉兴，南逾潮惠，西抵汀赣，东接诸岛屿，方圆数千里，无烽火之警，号称乐土”。从今天的福州到潮汕之间包括漳、泉、厦、莆、仙这一块广大的地区，开始出现历史性的转折，刀光剑影隐没到生活的背面，田园生活成了人们的向往。

也许是一个和风徐徐的春日吧，陈元光步出军营，日光晴好，柳色青青，“花卉三冬绿，嘉禾两度新。俚歌声靡曼，秫酒味温醇。”经历了数个世纪的动荡后，一幅安宁祥和的美景，在漳州大地徐徐展开。

今天，那些隐约于闽南的山间水滨的千年遗址，在沐浴过唐宋的暖风明清的朗月后，淡然独对 21 世纪的丽日，最初的血雨腥风，幻化为亚热带婉约的水气；岁月要讲的故事，已经成为岁月的一部分。

社会安定带来的影响是显而易见的，当南来北往的商贾擦肩而过，江南和岭南之间的经济通道被永久性地拓展开来。这块早先杀机四伏的蛮荒之地，第一次出现商贾云集的景象。一些类似长安的圩市开始进入百姓生活，来自唐王朝对外贸易港口广州港的气息，也许在不久的将来，将给山野之地，带来新的气象。

战争结果没有带来族群的对立，在陈元光怀柔政策的推动下，民族融合迅速进行。战争带来的男女失衡，由蛮汉通婚加以解决；久居深山的蛮民，政府遣人开山取道，诱而化之；归化的百姓，则安置在九龙江北溪“唐化里”，授之以田耕技术，终其一身，不徭不役。后来流传下来的开漳将士的诗歌常常洋溢的家庭温馨和邻里和睦的氛围，一个叫丁儒的陈元光的部属这样咏唱:“辞国来诸属，于兹结六亲。追随情话好，问馈岁时频。相访朝和夕，浑忘越与秦……呼童多种植，长是此方人。”也许，正是这种氛围，使人们渐渐淡忘了战争的创伤。

从某种意义上讲，府兵入闽，也是一次由中央政府组织的移民行动。陈元光在福建省首开屯田制，大批府兵携眷入漳落籍，原先持剑操刀的手，荷锄使犁，并不是件难事。军队推进线路的后面，又有大批汉族农民跟进，中原地区先进的生产技术的传入，迅速改变了原先的生产方式。当一千三百年的时光飞逝而过，唐军将士开建的云霄田“军陂”，蜿蜒在开漳之地的青山碧水间，拓荒者去，而大地记忆尤在。

作为一名有远见的行政长官，陈元光积极推行教化以平衡社会张力。

景云二年（708 年），松州书院建成了，这是有文字记载的中国最早的书院，从长安归来的翰林承旨直学士——陈元光的儿子陈珦主持了这所学校的教学。

这是一个意气风发的年代，长安城南曲江宴的如花美景，是所有读书人追求的梦想。而在帝国的东南边陲，当年轻的翰林直学士和他的学生们在北溪水滨跃马扬鞭的时候，唐都长安鲜活的文化气息也随之传播开去。不过三年，书院已成气候，傲岸的学子风范，吸引了众多郡中子弟的上进心，连一些无意功名的士绅平民，也乐意汇聚到陈珦座下。

这样，一个人口稀少、汉蛮杂处的新州，在经历了许多年的战乱之后，终于以一种确定的形式，向云兴霞蔚的中原文化看齐了。

走在经历了 13 个世纪的松州书院，时间消弭了往日的气息，留下一些唐代的石兽、宋代的柱础、元代的神台、明清的木雕，安静地立在那儿，只有跑马场上落叶的声音，让人想起许多年前一群体魄健壮的少年，在一个平凡的早晨，构想着一次奇妙的远游。

陈元光在征战之余创作的诗集，以后结成《龙湖集》刊行，这是福建第一部诗集。在王维咏唱“大漠孤烟直，长河落日圆”之前的一些年，陈元光咏唱着“千山红日媚，万壑白云浮”走进中国边塞诗人的行列，所不同的是，这个边塞，不是升腾着狼烟的边塞，而是氤氲着东海烟霞的边陲。遥想当年，万军之中，旗髦猎猎，那个意气风发的风雅统帅，和他的将士们策马踏歌，唱出开漳之初的万千气象。

许多年以后，依然生活在这块土地上的开漳将士的后裔们，成为一个独特的群体，他们讲的语言，来自中原，那是咏唱过唐诗的语言，唐明皇曾经用她歌唱过爱情，李白曾经用她歌唱过明月，就像他们的祖先曾经用她歌唱过初来乍到的心情一样。今天，他们讲的语言，被称为闽南话；在广东，她成了潮汕话；在台湾，她被称作台语；在东南亚，她被称作福建话。

在陈元光推动下，漳州文化开始走上封建科举制度轨道。此时，郡城的大街上想必已经行走着本地口音的士子，书院里传出诗歌的韵律曾使蛮民慢下耕作的步伐。在经历了若干个花红柳绿时节之后，在大唐帝国的江南之南，中原文化传播开始如雨后春风一般滋润万物。

如果说，在历史的那一头，一个将军、一个州刺史、一个诗人，成就了一部影响深远的个人传奇；那么也可以说，一个王朝的背影下，一种文化的源头，一群开拓者，开创了一个崭新的时代。

陈元光开漳，实际上奠定了泉潮间闽中闽南地区政治、经济、文化的三大基石，并在日后形成了一个以保留着汉唐古韵的闽南话为纽带的闽南区域文化圈。想当年，陈元光和他的五十八姓将士，在闽粤之间，开疆拓土，且战且耕，兴办学校，惠工通商，形成一种从制度到民族关系的和谐。这种历史性的贡献，彻底改变了闽粤间这一地区的历史，延续至今发展成为这一区域社会体系稳定的基本因素。

到今天，生活在这一区域的人们，除了在体征上仍然保持着中原汉族与土著居民的特点外，他们的生活习俗、宗教信仰等文化传承也带有民族融合的刻痕。在一千三百年的时间里，由近万名开漳将士繁衍出来的数千万人构成的群体，分布在闽南、闽西、粤东一带，并成为这一区域的主体居民，因为一根纽带的牵引而同生共荣，显示出文化传承的强大生命力。

从一支规模不大的唐朝军队，繁衍成数千万的人群；从一个名未入列传的将军，化身成为一种文化的缔造者，受万民崇拜，这不能不说是历史创造的奇迹。

今天，当我们举目远眺，在闽、在台、在琼、在粤，在更远的远方，在一群河洛郎及其后裔构建的城市里，我们看到植根于华夏文明的开拓基因，是如何牵引着一个数千万人口的群体，因一座城市，而知道家在何方，因一种文化认同，而知道缘起何处，这就是令人神思遐想的传承的力量。

那个叫林语堂的漳州人

一

那个叫林语堂的漳州人，老家在城西门外天宝镇的五里沙。那里有连绵的蕉林，从山脚一直到水边，从这个村一直到邻县的几个村子。天宝镇则是个有近千年历史的古镇，见证过最初的兵戈、大航海时代的风帆以及现代战争的兵火，因为滨水而繁荣，而人文荟萃。

一条被16世纪的西方人称作漳州河的，现在叫九龙江的水流从镇边、从村边流过，溯着这条河水向上，是林语堂的出生地坂仔；顺着河水向下，是他念过书的出海口厦门，山区与海口之间就是林语堂所说的大城市漳州，富庶而繁华。他的父亲，那个叫林至诚的乡村牧师，先是从城外的五里沙到坂仔，然后从坂仔到城里的接官亭礼拜堂，分别在那些地方生活过若干时间，然后去世了，和他的太太杨顺命一起葬在老家五里沙。那对恩爱了一辈子的夫妻，至今还安息在那里，和他儿子的纪念馆不过隔了一道墙。

生活在漳州河边的人，都是移民的后代。迁徙是与生俱来的宿命。他们的祖先从中原来，到了海滨，然后一代一代地陆陆续续去了海岛，慢慢地，他们的性情也从初来乍到时的干燥、粗粝变得平和、温润起来。

那是一群习惯漂泊的人，远行和回家是人生应该经历的两个阶段。

年轻时有梦想，从家门口搭条船，顺着水流到海边，再上一条更大的船，顺风顺水，花去几昼夜几十昼夜，到有熟人的海岛，开始他们的新生活。他们中的许多人在功成名就后，愿意回家待到老去。如果回不了家，就找个乡人聚集的地方，比如台湾岛安顿下来，家也就不远了。在那里，他们可以听到温暖的乡音，吃到可口的猪肝面线，就像林语堂所描述的那样。

这就是闽南漳州人。

沈从文的湘西，那里的男孩，大抵愿意做一个有前途的军人。但是在漳州，年轻人的梦想，最初大约是做一个巧手的工匠、勤快的农夫、精明的商人、不怕死的水手或者像林语堂一样的读书人。

因为土地需要供养太多的人口，所以人们从小就知道，让并不充裕的空间显得讲究一些，比如茶汤、比如饮食、比如器物，总是想着法子过出层层叠叠的意思。正因为如此，即使是粗朴的村夫，往往也在某个时刻，显露出些许文学或者哲学的熏陶痕迹。

迁徙者大抵行色匆匆，不过，像他们那样习惯于以他乡为故乡的人，却有足够的心情把日子拿捏出美好，即使在有诸多生活不便的时候。不错，那就是生活的艺术，适合一些习惯于在路上的人。对于生活在本乡的人而言，那不过是一种再寻常不过的生活琐碎。不过离了家，就是一种挥不去的念想。有人愿意把原乡的生活形态搬到新的居住地，比如将原乡的山水寺庙从样式与名称，统统搬到新的居住地，就像那一群生活在中国台湾和东南亚的人。有人则愿意把一种审美趣味带到新的地方，从那个地方遥看出发地。就像林语堂，用西方人的语言描述中国式的智慧，而我们总是那么轻易地从中嗅出漳州的气息、闽南的气味。

那些在外待了一辈子的人，老了，回家，通常会找一块有阳光的坡地或者城里的五骹距——一种据说混合了英国的麦加顿建筑式样和南洋风格的街廊，每日悠闲地靠着旧藤椅，抽烟，雪茄也好。喝茶，咖啡也好。看人来人往，直到日色金黄，万籁俱寂。那个样子也很和乐。

漳州一半以上的县份沿海，剩下的一半靠山，离海也近得很。基督教文明早早渗透到这里，农耕文化依然是本色，九龙江海口一带，16世纪已经俗如化外，但子曰诗云的声音和宗祠摇曳的烛火，依然是岁月最温暖的记忆。

地理因素使然。人们亲近自然又乐于享受现代科技带来的便利，重传统又不排斥西方现代文明，习惯四处迁徙又秉持乡土观念。即便出生山间，对城外风情也不生疏。那些做父母的，但凡有些见识，早早把自己的男孩送出去，托给有能力的亲族和乡邻，等那些男孩成人，大抵思想开通、识大体、辨大流。民国时代，漳州一下子出了三个文化界的大人物，一个是许地山，一个是杨骚，一个是林语堂，他们是一股活跃的清流，有不受时代束缚的魂魄。至于漳州，则是他们精神和现实的故乡。

二

就像那些家世单薄的孩子一样，林语堂10岁那年开始独立生活。父亲送他到鼓浪屿的教会学校，从此在厦门和坂仔两地飘荡，通过那条河。这期间，有青涩的初恋，未果的爱情，不期而遇却也合适的婚姻。然后，他带上他的新娘，还有她的嫁妆，出海远行。回来时，他去做教授、做学者，仍保持本乡人崇尚自然的本性，有和谐的人际关系，有许多闲心发现自己生活的种种妙处，就像两千年前的庄周那样过上感官所能胜任的理想生活，并且用一辈子的时间写它们。

他是一个为尘世而生的人，尘世是他唯一的天堂，可以陪伴到老的妻儿、看得见月亮的庭院、传承已久的家乡小食，不可辜负的四季辰光……都是完整生活的一部分。他周旋于周遭的景致，近理近情、安然享乐、热爱家庭、醉心自然，有积极合理的人生态度，与人和睦相处的好品性。他平和地工作，旷达地面对幸福的生活，享受快乐但不要求达到顶点。这个乡村牧师的儿子，拥有差不多完美的人生。

幽默，在翻译西方作品时他创造了这个词，被人们接受一直用到今天。幽默是心里开放的花朵，是并不十全十美的人生中自我调节与保护的本能。它轻轻挑起人的情绪，让人有搔痒一样的舒服，而人们会希望那只搔痒的手，一直继续下去。这是幽默的境界。

他有梦想，他的梦想是顺应秩序而又符合现实的，近人情、极普通。他的梦想在真实的世界里，就像种子种到地里，一定会萌发滋长寻找阳光。让人觉得世界有梦想，生活就快乐。

他闲适地生活。生活的闲适与物质有关，但不一定那么有关。他眼中的闲适，就是给生活让一点空间，给精神留一个回旋。他最喜欢的18世纪一个不太出名的作家舒白香认为，时间之所以宝贵，乃在于时间不被利用，“闲暇之时间如室中之空隙”，生活太狭仄了，精神便不再有一个自由伸展的视野。哪怕是曼哈顿的摩天大楼，也该留出一块屋前空地，那是一块精神的空地，拥有那一块空地就拥有可贵的闲适。

他快乐地享受这种精神的闲适。比如睡过一夜清晨醒来，呼吸新鲜空气让肺部舒畅，开始进入工作；再如手中拿着烟斗，双腿搁在椅子上，让烟草均匀地、慢慢地烧着；或者饱食之后坐在安乐椅上，面前没有讨厌的人，海阔天空地谈笑，身体和精神都与世无争。他有滋有味地描述这些生活细节，讨论它们的好处，品尝心灵和感官、物质和精神的不加区别的快乐与闲适。我们甚至弄不清楚一个文化大师的精神体验和“五骹距”下裸背的贩夫粗茶淡饭的走卒有什么不同。

他在东西方语境中游走，用西方人的语言描述东方，用东方人的思维看待西方。战争、离乱、和平，人世间的所有一切都化成冒着暖气的茶，绕着烟雾的雪茄，最后渐渐沉淀成看得见的本乡的夕阳。

他用上述的方式度过他的一生，在绕了大半个地球后，最后10年，选择在家乡对岸的海岛住了下来，那里有数百万的乡邻可以让他不寂寞。

三

林语堂重新被乡人记起是20世纪末的事，那时，人们开始审视自己的城市并且翻检与他有关的人文信息。这个离家很久的人，让差不多所有的漳州人或多或少看到了自己的影子，自然、亲和、乐天、处事融通，总有无数的法子让自己的日子滋润起来，总是让人想起和自然界保持亲近的关系是一件多么美妙的事情……那座贴着五里沙的城市也因此从骨子里透露出一股闲适的味道，受数个世纪域外风物浸染，有点恋旧却不守旧，既不排外，也不媚外，有自己的生活节奏和生活美学，总是让本乡人感到精神安适，让异乡人的心境妥帖。那是一种多么美好的入世态度啊。

于是人们越来越愿意用各种法子亲近他，希望他成为本乡湖光山色的一片倒影，一张随时要递送出去的城市名片。

20世纪末，人们觉得应该在他的老家建一个纪念馆。经过了那么多年的两岸隔阂，那个生于漳州逝于对岸的人，身边多少带一些是是非非，但是还有什么能够比一个爱家的乡贤更容易弥合彼此间隙呢？林语堂纪念馆在五里沙落成时，是2002年，他的两个生活在美国的女儿，相如和太乙——他的快乐的家庭生活的一部分，回到五里沙，在他的青石塑像前徘徊落泪。她们的父亲身穿长衫、脚着皮鞋，松松地靠着藤椅，手中的烟斗似乎正散发着好闻的烟草味，像她们小时候看到的那样。五里沙的凉凉蕉风，想必让那个离家太久的人精神安适了吧。

此后造访五里沙林语堂纪念馆的人，进馆前，总能在那个洒满日光的庭前与那个闲坐的人打个照面。在馆里，总能听到电视《我的家乡》的娓娓诉说。离开时，讲解员还会用本乡话咏唱他的《方言五言诗》，那诗抑扬顿挫，暖心又古意。“乡情宰样好，让我说给你，民风还淳厚，原来是按尼（这样）。汉唐语如此，有的尚迷离；莫问东西晋，桃源人不知；父老皆叔伯，村妪尽姑姨；地上香瓜熟，枝上红荔枝；新笋园中剥，早起食谙糜（粥）；胪脍莼羹好，呒值水鸡（田鸡）低（鲜）；查母（女子）真正水（美），郎郎（人人）都秀媚；今天戴草笠，明日装入时；脱去白花袍，后天又把锄；黄昏倒的困（睡），击壤可吟诗。”

那乡音吟唱，总能一下子唤起人们的乡愁。那是行走在外的人的乡愁。

2012 年，人们开始打造林语堂文化园。文化园在漳州盆地的边缘，有天宝大山山势西来，九龙江水旋而向东，地势地貌舒展而秀美。林语堂纪念馆是整个园区的核心，数里栈道，蜿蜒曲折，亭台楼阁，起伏错落，把那个万顷蕉林，梳理出层层叠叠的纹理，烟云茶馆、语丝咖啡、天风台、快哉亭……那些与林语堂有关的印记成了园区建筑的名称，这使这个供市民、村民休闲的郊野公园看上去也很有文学气息。

接下来就是“海”了。2017 年，林语堂文化园继续扩张，园区成了“香蕉海”，是“五湖四海”生态城市建设的一个组成项目。按 A 级景区规划布局，阳明山的林语堂故居索性按 1:1 的比例，被安置于一块向阳的坡地上，那座漂亮的白色的西班牙风格的小洋楼，浮在林语堂老家的蕉海之上，像一艘不系之舟。他的书房、他的卧室、他的起居室，保持早先的样子。那些和他度过了十年光阴的书柜，静静地待在那儿，好像不曾离去，那个有西班牙廊柱的小小的庭院，是否曾有过绕梁的笑声，并且惊起正在打盹儿的鸟儿？那个浅浅的鱼池中的鱼儿，是否曾经和大师一起度过许多闲暇的时光……林语堂家的阳台对着天宝大山，黄昏，他是否还是一个人独自在那里乘凉，看前山慢慢沉入夜色朦胧，四周是他久违的无边的蕉风，而他是否正不可救药地沉浸在他的不亦快哉中呢？

从林语堂纪念馆到林语堂文化公园再到香蕉海，一个文学的林语堂正渐渐变成生活的林语堂，与城市精神生活有许多关联的林语堂。

人们花了差不多十几年的时间去了解那个叫林语堂的乡贤，寻找自己的失落生活的影子，唤醒睡着了的心情，想象城市未来的某一种模样。最后，他成了城市记忆的一部分。当乡人造一座美丽的公园去承载城市气韵，共享人文精神美好，归来的，不仅仅是林语堂。

一个习惯于行走的群体应该知道怎么让自己的精神安适，一个由中原移民建起来的城市应该知道什么是故乡什么是远方。现代节奏改变了我们原先的生活，失落了一些宝贵的时光以及荣耀后世的传统。我们在塑造自己城市的时候也有了更多的责任。有一点是值得期待的：让生活和山水更亲近一些，让社会与传统更贴近一些，让现代文明与我们的未来更密切些，重要的是，让自己更自然本色一些。

未来有梦想，精神便安适；对城市有信心，生活便和乐；这种感觉真的挺美好。

一个人和一座城的联想

我住的那楼的斜对面是东坂后礼拜堂，这座80年前的建筑现在掩映在一片浓荫中，据说一个叫林志诚的牧师在生命的最后几年曾在这儿任职，这是一个容易让人产生联想的话题，因为一个叫林语堂的人是这个本地的牧师的儿子，这人后来成了蜚声世界的文学大家。

同一条街上，离东坂后礼拜堂不远，曾有过一个叫森园的地方，当年那些传经布道的声音是否曾牵引过林语堂清澈的眼光，就不知道了。

我所提到的这个街区所显示的陈旧的外表下面的确曾有过不凡的面孔，森园所在的那个位置曾经是知州的衙门。比邻的是美国人办的协和医院，然后是一些鼎有名气的人家的祠堂，这其间还能看见一座罗马天主堂哥特式尖顶，再往西下去曾经是建于唐朝的天庆观和龙溪县衙，那棵在风中婆娑的老榕树，想必和他们一起拥有过平和相处的时光。

在这条街上行走的，也是一些平静谦和的人，这些人的言语有汉唐的余韵，来自中原河洛一带，现在人们称之为闽南话。走到街上，倘若两三洋装女子迎面过来，听她们用这言语互相揶揄，间或又有摩托车喷着尾气从身侧驶过，便不免有些迷离起来，以为做了一场隔世梦。

既是做梦，无须远行，东坂后礼拜堂的钟楼便是一绝好去处，你可在它的拱顶下看远山、村野和天空，城市的琐碎被一片漂亮的红褐色的厝顶隐去了，蔚蓝的天空中流连着一丝快乐的浮云。

那时日，林志诚牧师一定有一个梦，愈行愈远的儿子隐约在梦里。悠悠荡荡的西溪水跟着他一路流淌，也就幻化成波光明媚的莱茵河，那河两岸娇艳的红樱桃，正灿烂得像圆山脚下如云的丹荔……

林语堂也许也会有一个梦，梦见少年的自己正从东门外一路行来，父亲执着他的手，他跟着父亲的步伐，东坂后礼拜堂的尖顶镶嵌在天空中，天空中跳动着闽南的日头，耳边响着清明的歌调……

我热心杜撰某些故事内容以及本乡生活细节是因为我的确有些喜欢这个把地道的龙溪人的视觉、嗅觉、听觉和味觉传递给不同肤色人的人，听罢两三时装女子的本乡土话便是前世修来的福分，关于东门外的一些记忆可让人心醉神迷，水仙花的香气和罗葡糕的味道成就了除夕夜的气息，这个有点怀旧的斯文人一生如他最初的名字一样和乐，和乐地生活，生活得别致。那当儿，战乱、离别、病痛、饥饿，所有那个年代的暗色，也就淡了。

在我认真地喜欢上这个龙溪人以后，我发现他和我身边的许多本乡人有一种本质上的形神一致，不失体面地生活，适度地享受，有点念旧，也喜欢一些新鲜玩意儿，不排外，也不媚外，善于把玩生活但不沉湎其间，与过去和未来相安无事，等等。

事实上林语堂也就是生长在龙溪乡间的一个农家子，如胎记一般终身携带着此间山水风物的印痕。假使不是命运之手推波助澜，他或许要继承父业做个乡村牧师，娶一个赖柏英一样的本地姑娘，养一大帮讲本地土语的儿女，然后在汉唐遗韵和上帝福音里终老。只是他到底出去了，所以才有文字里的景色、滋味、花香和歌调，使他和这座城市关联在一起。

一些年后，他的形象被乡人用青石做成身穿长衫、脚着皮鞋、手握烟斗、斜靠藤椅、悠然微笑的样子，然后塑像周围是如海的蕉园凉凉的蕉风，不远处是他父母的坟墓，一些仰慕他的人有时会来看看，更多的时候来看他的是本村的孩子，看到他自自在在的样子，他们也就自自在在了。

观桥顶

观桥顶是个老地名。我出生在那地方，并且待了三十几年。那儿有一座天庆观桥，一个老水闸，两棵白树仔，一株杨桃和一座气味很不讲究的公厕，一对和气的上海夫妻是我的邻居，一个外号叫“北贡”的南下干部的孩子是我的朋友，一个礼拜天按时出现在窗口拉小提琴的女孩是我的同学。

当然，这一切与那个八十年前就已经消失了的天庆观并没有必然的联系，当我的年纪诱导我从对形而下的偏好转而对形而上的认同时，我的视线便不能不从这里往时间深处里头走。

一

据说天庆观原叫开元观，是唐皇敕建的一座道观。唐贞元十二年（796 年）漳州刺史李登从漳浦旧州治开元观移建漳州城西。宋时改了名字，以后又叫玄妙观，玉尊宫。李家子孙坐天下时，观里祀的是老子，赵家子孙作天子时，观里祀的是赵真君，后来又祀玉皇上帝，所以民间称它“天公庙”。

那天庆观外有街，明朝叫观巷街，清时改观口街，街上有桥，名叫天庆观桥，桥边有井，便叫天庆观井，井边有榕，却没有名字。那观桥宽三丈许，青石作拱，红砖作栏，跨在老护城河上，相貌平常。不寻常的倒是那口井，府志说，“在郡城元妙观前，味甘美可辟疠，旧传漳州水热，凡士宦者，必先汲此方得不病。”那井水源源不断供应周围百户人家八百年，仍极清甜，晴午时分，日光下注，井石历历在目。小时候我与弟弟打水，一根扁担，一前一后，一悠一晃，“北贡”常在边上鼓捣，楼上那窗户的琴声咿咿呀呀，那对和气的上海人会说，嘿，两个小和尚。那时我还没听说过两个和尚打水喝的故事。至于天庆观，既有官方背景，身份自然不俗。观内建筑二进，深宽五间，建筑面积五六亩大小，装饰金碧辉煌，常年香火不断。是官方祀典神庙。天庆观左边即是试院，明代辟为察院行署、布政司行署，到清时改作提学贡院，不用说也是个风光去处。

天庆观受人景仰了十二个世纪，一千二百年的时间不算太长吧，雕梁画栋上的香烟烛火的颜色厚积了多少美好的愿望，恐怕连大殿上的神祀也说不清了。

寻常日子里，观前这街上行走着的是一些行吟的盲者、华服的官员、虔诚的妇人、文质的学子和精明的商人。街边是一溜摆开的铺子，出售的自然是一些香烛火油、笔墨纸砚、胭脂白粉，有时小船会在桥边停靠一会儿，船东或脚夫会吃力地沿着窄窄的石阶抬上来一些物事，岸边当然还会有一些酒家，当垆沽酒的，大约是司马相如卓文君一类的妙人。这时候如果谁家的院子里再飞出一曲锦歌，歌声过处，酒旗当风，燕雀啾啾，市井深处，便有了些婉约与悠长的韵味。

到了暖风微熏的时候，士子们会走过观桥到天庆观文曲星君前焚炷香，然后径直去了考棚。侥幸高中了，拍拍观关榕兄，“牵马”，春风得意马蹄轻啊！不幸栽了，对观前榕老摇摇头，“牵马”，回家去，后头还有长长的寒窗要捱呢。闽南人管“赶紧”叫“牵马”，语言里已经带足了行动的意味。至于来漳为官为宦的，从东门接官亭一路迤逦而来，上了天庆观桥，去了天庆观，出来时再到开庆井前喝口水，往前百十步，就是县衙门了，进了县衙门，就可以不那么“牵马”了。

同治三年（1864）年，太平军陷漳，试院被毁。翌年重修时，不知为什么左宗棠下令迁建芝山脚下，天庆观旁学子云集盛状，自此不复再有了。

二

天庆观桥的另外一侧，排场就寻常了些，在那儿待了些年，有一天下得楼来，发现一脚踩住了人行道上的两条长长的石柱，柱上有字，一曰：“丹题焕华表，一门俎豆肃明煙，”一曰：“慷慨誓师，一念忠贞光梓里”。不觉一惊，感到此处并非寻常之地。回去查了一下资料，发现这地方原是“宫保第”，一个叫林文察的福建陆路提督的祠堂。这个平和籍的台湾彰化望族，因军功做了提督，同治三年十二月初三，引兵在漳州万松关下与太平军侍王李世贤厮杀时殉职，奉赠太保，光绪五年（1879 年）由郡绅奏请建祠，光绪十四年（1888 年）又立了牌坊于祠前，坊柱镌联二对，其一曰：“碧血灑沙场，千古河山留正气；丹题焕华表，一门俎豆肃明煙”，想来就是作了人行道的那条石了。

林文察扎营万松关时，漳州城破已近两月，县志上说那一役焚杀的有数十万人。有一个本地商人，大约和厦门海关税务司休士（GeorgeHughes）有些往来，便给他写了封信，说有六、七十万人死于杀戮或疫病，这信后来作为同治九年年度贸易报告的附件保存了下来。至于这数十万人，有多少是在太平军据城时死的，多少是在清兵反攻时死的，就说不清了。

死亡是战争的直接后果。战事既然展开，兵器沥血的快感是毋庸置疑的，但是当事态沦为胜利者对陷落城市百姓无节制的报复之后，战争的意义便被彻底简化成对人类原始欲望的追求了。想到我每日行走的这块土地下面拥挤着那数十万亡灵，我的心总是不寒而栗。而我的思绪便浮沉在和煦的日光和深红的血色里，锐器的喧嚣使我无法坦然评述什么是腐朽、没落、传奇与辉煌……

同治三年的冬季，当英武的侍王李世贤微笑着在他的龙眼营通元庙临时侍王府里调兵遣将的时候，我不知道，他的微笑是否有些紊乱、有些懊恼、有些困惑……在经历了天京陷落和手足相残之后，生存的欲望凝聚成一股侵凌一切的刹气，生命战抖了。

而林文察此时正领着他的一万属下平静地迎着太平军健锐走来，前方漳州城有侍王的二十万部众，后面的友军不会再来增援，一种不祥的预感掠过他的心头。十一月初三日，天气微寒，两军交锋，一阵风卷残云，林文察就此魂断关下。林文察这种飞蛾扑火式的举动，大约给王朝的暗淡晚景带来了一些激情和希望吧。若干年后，因为缙绅的奏请，林文察终于“哀荣”了。

林文察的是非功过并不是我想讨论的问题，倒是这么个富有的彰化人，做着一个并不太重要的官，却大老远的跑来跑去，不惜以身家性命去效忠一个摇摇欲坠的王朝和一个并不怎么争气的满族小皇帝，这等胆色，在王朝覆没前 50 年那一群人格苍白的清朝官吏中，显得十分凤毛麟角，而一向并不强悍的漳州人在那场其实是汉人与汉人的生死与智慧的较量中居然能拼死抵御，城破之后又断断续续抗拒了一个多月，该不是简单的一个胆色所能言尽吧。

不过数月，漳州城成了李世贤杰出军事生涯的绝唱。

经此巨变，漳州城元气久久未能恢复，旧时漳州有联曰：“草莽一坯，万家烟火共；年年九月，满城风雨哀。”读罢凛然一股寒气扑面而来。如今每逢清明，漳人户户裹食“嫩饼”（春卷），即是对当年“长毛反”中死难者的纪念。这种口感细腻外形直观的祭奠习俗，简直可以令经验老到的口舌食出一片肃杀。

林文察祠后来改作了漳州市人委会办公室，现在成了民居。从我家的窗口望去，那房子飞檐燕尾脊，墙砖灰黑，残留建筑仍给人产生一种沉着而飞动的印象，即便人去楼空，朽木瑟瑟，依然透着大气和严谨。

平日里，常有平和鞋匠在祠前人行道上招揽生意，他的脚边散乱着许多待补的旧鞋，旧鞋下面，便是那两块镌字的石条。

三

当侍王李世贤纵横漳州平原时，一个姓林的龙溪人被太平军拉去做了挑夫，从此杳无音信。而他的妻子则带着两个孩子逃到了鼓浪屿，其中一个叫林志诚的后来结婚生了 8 个孩子，他的其中一个叫林语堂的孩子，日后成了漳州本土最具盛名的文学大师，而他的祖母，便作了《京华烟云》里曼娘的原型。

林文察提督战死万松关下的第二年，美国归正教公会在观桥顶悄悄地购置了一块地皮。九年后，一座容纳 500 人的礼拜堂落成了。在飞檐、燕尾脊的平缓的建筑群中，这座典型的欧式教堂钟楼的尖顶，显得特别的醒目。

从此天庆观的磬声和礼拜堂的钟声交相流荡在观桥顶的上空，人们平静地接受了这种存在方式，经历了杀戮之后，也许人们的心态多了许多宽容吧。在一些特定的日子里，去天庆观的人和去礼拜堂的人有时会结伴走到观桥，停下来互相道个别，然后再找各自的去处。

四

林文察提督的牌坊才树了七年，和他的祠堂仅一墙之隔的简氏祠堂，匆匆迎来了一个疲惫的身影。来的是一个叫简大狮的台湾淡水人。

光绪二十一年（1895 年），台湾落入日人之手，清军奉命内渡，遗民的反抗却还在继续。十二月，祖籍南靖的简大狮揭竿而起，带了数千人，以大屯山为基地，与日军周旋，义军一度攻入台北市区。而此时，老态龙钟的慈禧太后正忙于整修她的陵寝和管住那个固执地用忧郁的目光盯着她的皇帝光绪，孤悬海外的数千义民的呐喊，大约未到海峡上空，早被海洋风暴吹碎了。简大狮和他的弟兄们苦撑三年余，终于不支而溃。简大狮渡海厦门，转避漳州观桥顶简氏祠堂西侧四角河矮楼里。天庆观的诸神和简氏祖先在天之灵，悲悯地接纳了这个苍凉的游子。没等简大狮轻轻舒一口气，日军传檄已至，接着胜利者以一贯的傲慢来到漳州要人，朝廷老迈地抬一抬手，照办吧，其时林文察早已死去 20 年，他的那个统领台湾军事的骁勇善战的儿子林朝栋，此时正在自家的院落里寂寞地喝茶、看天色，遥想故园上空的云，大清王朝最后一批有骨气的将领已经随北洋水师折戈沉沙了。道台荣坤、镇台曹本章当然照办了。简大狮悲凉地怒吼：“我简大狮，系台湾大清国之民。”《申报》的报人们拍案而起，大声疾呼：“台湾义民简大狮为中国争气，为全台争气，此中国最有志气之人”。只是你国人义愤填膺却又如何，既然台湾都割舍了，那么一个爱弄点乱子的民间拳师又如何不能割舍呢？一个蒙羞的年代，通常要葬送一些最知耻的人，这是为它的死亡所必须支付的代价。简大狮于是被顺顺当当地押出了简氏祠堂。装着简大狮的囚车从天庆观前经过，天庆观桥挤着惊惶的人群。隔着一道薄薄的土墙，依然荣耀着的林宫保沉沉地叹了一口气。风萧萧兮易水寒，壮士一去兮不复还。清朝的气数终于将尽了。那一年，漳州的春水梅雨，一定下得特别长。

在我的印象里，漳州的梅雨，便是这样没完没了地下了下去，一直下到 1908 年，天降暴雨，洪水吞没了漳州城。在洪水的肆虐下，天庆观墙倾柱倒，神祀飘游。而外面的那个中国，同样在一片风雨飘摇之中。

三年后，清王朝的气数也就尽了。

五

天庆观的最终衰落却又推迟了 8 年。1919 年，陈炯明驻漳，推行护法区运动，先是毁天庆观神祀，然后驻兵，作马厩，当造币厂，天庆观遂成一片废墟。千年香烟终于杳然。我不太清楚天庆观与陈炯明的护法区运动有什么关联，在此之前我一直以为向封建神祀开战只不过是“文革”中的事情。有时我甚至弄不明白这种深思熟虑的强悍是不是对人类智慧的背反和肇事者内心的虚弱。

不过几年，陈炯明便反了。

在陈炯明的士兵毁观的时候，天庆观的神祀，却被悄悄地转移到了五里沙。而不知是在此前，还是在此后，天庆观的香火，已在台湾宜兰的草湖安然落户。草湖有和漳州一样的气候和土壤，草湖玉尊宫的香火很快旺了起来。

六

1895 年是一个阴晦的年份，一个王朝的梦想已经破碎，无数义民的鲜血正在为这个王朝的没落做最后的铺垫。而龙溪县坂仔教堂里，一个男婴的诞生总算给了那个惨淡的日子一些颜色。

若干年后，这个叫林语堂的乡村牧师的孩子终于去了上海圣约翰大学，然后从那儿去了哈佛、巴黎、莱比锡……然后在台湾定居下来，娶了一个鼓浪屿银行家的女儿，生了三个女儿，用英文写了许多中国的事情，4次得到诺贝尔文学奖提名。当异族用枪炮肢解中国时，他用另一种方式体味了世界。

而他的父亲，那个虔诚而严厉的坂仔礼拜堂牧师出色地完成了对自己8个子女的教育和坂仔教徒的精神指导后，也来到了与观桥顶简氏祠堂仅一墙之隔的东坂后礼拜堂，开始了短暂的主持生涯。在这之前，他已经在东坂后礼拜堂边上的森园做了若干年的基督教漳州中堂会的顾问。东坂后礼拜堂干净的台阶上，常常开着一些黄色的花，高高的塔楼上飞着成群的鸽子，围墙外的小贩高声叫卖。闲暇时，林志诚牧师会从台阶上走下来，站在大门口，对过往的教友说：吃饭未？

林志诚牧师晚年是否曾在东坂后礼拜堂传过教，当然不是需要刻意关注的细节。假如林志诚牧师真的从这里走向他生命的终点，那么他的儿子林语堂这时却正走向外部世界的一个新的起点。

林语堂这个时候已经走到了德国的殷内镇，这是歌德的故乡，一个小型的大学城，和海德尔堡一样是个有古风遗韵的市镇。在以后漫长的旅行中，他终于把自己训练成一个雍容的思想家、一个睿智的旁观者和一个幽默的批评家。当他驾轻就熟地以西方人的语言思想中国，以中国人的包容去接受西文的时候，这种从思维方式到行为方式的勾连，大约同那连接了天庆观与东坂后礼拜堂的道路的观桥那种自然吧。

我无意于揣测林语堂当年是否曾在观桥上驻足仰望礼拜堂钟楼的尖顶，是否曾顺着观桥顶窄窄的路面去参加星期天的礼拜堂，是否在异国情调的殷内镇和莱比锡，遥想东坂后礼拜堂上的那一片清空。我只想，在一个沉闷的年月里，一个山里的孩子以清澈的目光饱览漳州的山川草木，并且在60年后仍然以明快的笔调记录当年船行水上进入漳州城的欢愉，从而使我们透过岁月的雾障终于了解到那个在兵火、水灾、瘟疫、羞辱之下的漳州城仍然具有的亮色。在今天看来，这种亮色是多么的可贵啊。这种亮色似乎贯穿了他的一生，在以后的大师生涯中，他总是有办法让人们想起人类除了仇杀和掠夺之外，还有权享受其他一些东西，比如，宽容与理解，正义与良知，信仰的力量、忠诚的回报，美的感受，心态的开放。

我不知道，这种不可救药的乐天，是否和他的那在东坂后礼拜堂度过最后岁月的父亲的传承有本质的联系。但我相信，这种智性的表达一定反映了悲凉与屈辱之外人类不能失却的高贵品质。如今东坂后礼拜堂还在我住的那幢楼前马路的斜对面，当星期天的钟声如期响起的时候，我常想，那个沐浴在九龙江凉凉的蕉风和哈德逊河暖暖的日光的山里孩子，当年是以怎样的心情，在一个山村教堂的钟楼里，击响不知是哪位美国人留下的那一口幽黑的大钟，如他书上所说的那样。

七

林志诚牧师去世后被安葬到了郊区的五里沙，那是他的祖居地。

20世纪末，一个叫李炳南的台大教授，在结束他的建筑师生涯后，领了宜兰草湖玉尊宫的一班人，帮着把五里沙的玉尊宫重新修了起来。重修后的玉尊宫金碧辉煌，据说宫中两根盘龙石柱，是当年天庆观的遗物。

接着，当地政府也在五里沙建起了林语堂纪念馆，林语堂长衫革履，手握烟斗，安坐馆外，悠然享受百味人生。馆内的书籍，听说是林语堂的女儿林太乙、林相如所赠。

观桥顶大约不会再有一个世纪以前的那种显赫了。“宫保第”和简氏祠堂还在，如果不从高楼往下望，恐怕很难再分辨出它们的踪迹。城市的改建在急急地进行，它们的湮没大约是迟早的事情，如果湮没了的是一段悲凉，那就湮没吧。

那对上海夫妻后来回了上海，“北贡”随父亲去了山东，拉小提琴的女生嫁给了香港人，杨桃树已经砍了，而我和我的家人还在那儿，我7岁前经常爬的那棵老榕树，我女儿有时也去那儿玩耍，只是她再也不肯爬上去试试，如当年的我。倒是东坂后礼拜堂的钟声，每个周日都会按时响起，穿过道旁树的树冠，跑进我家的窗户，和我那个半生不熟地弹着哈农的女儿，温和地打个照面。

天庆观桥还在那儿，因为人要走，所以桥在。

百里弦歌

百里弦歌，是我学生时代常走的一条小路，离龙溪县衙门不远，沙石路面，低屋矮房，面貌平实简朴，无甚特征。唯一路口一株凤凰树十分寂寞地红。那种并不炫耀的醒目，至今仍在记忆深处呼之欲出。

百里弦歌如此深刻地印在我的生命里，在我结束求学生涯的十余年间，无数次泛过我的脑际，无论浑浑噩噩或者云淡风轻；无论经意或者不经意，它的出现，或如正午骄阳，令人灵魂出壳；或如天外飞鸿，带来满目云烟。无数次令我抛下烦心琐事，细想来，百里弦歌其形拙如薄尘，其名妙如美妇，是何种因果使它们风马牛不相及地集于一处，思想的结果总使我自我放逐于各种曼妙想象不能自拔。

有些时候，我以为百里弦歌是一种只可意会不可言传的体验，试想，一组好词，读之，则弦歌四起，令人舞之蹈之；释之，则余音缭绕，屡挥不绝，这是何等夺人的魅力啊。另外一些时候，我又设想百里弦歌是一段可望而不可即的历史遇合，一个十分偶然的际遇我了解到我生于斯长于斯的城市也拥有个百里弦歌的别称，而这个别称又源于千余年前关乎城市兴起的某段历史，并见证于某个城市构建者的某些诗句。试想，一条简朴的小路可能与一个城市近千年的命运有某些关联，而这个城市的兴起又可能源于上一个千年的某个历史遇合，当风烟散去，十个世纪的沉淀或隐或现于一个词汇中，这种缘起是多么的遥远而生动啊。

我醉于百里弦歌。百里弦歌是一个可以做梦的地方。阳春三月，莺飞草长，弦歌盈耳，邀入梦乡。梦的另一端巍巍然站立的是一个伟大的王朝，在那个才俊如云，意气风发的时代，唐都长安高奏着盛世欢歌，而偏居东南一隅，被后人称为闽南的蛮荒之地，正等着一双精于梳理的手……于是乎，一个追求生命灿烂的少年走到了历史的前台，他就是陈元光，大唐帝国的鹰扬将军，一个忽略了长安的浮华和父辈荫庇而选择磨难的少年，临危受命，振臂一呼，数千大唐健儿，金戈铁马，气壮如虹，席卷了闽南大地。此后，长安才俊群中隐去了一个飘逸的身影，而大唐帝国的东南边陲，一个新的州郡的雏形在水气缭绕的亚热带丛林中诞生了。

这是我所景仰的英雄。告别长安就意味着告别了那个时代政治与社会生活中数不清的胜景，在以后漫长的日子里，他只能以艰辛和动荡来实现生命的另一种辉煌，从他告别长安之日起，命定了他是一个名不见于唐史列传却被漳江百姓奉为神明的奇伟男子，是他首先确定了漳州城存在的必要并着手构建了这个城市，他的先知先觉成就了百里弦歌，而百里弦歌也造就了他生命的灿烂。

当风尘初定，杀伐初歇，从浴血的山峦中站起身来的面目依稀还是那走马长安街头的少年郎。是到了决定漳州这个地区下一阶段历史的时候了，将军站在亮丽的霞光里，面向长安，沉思良久，最后做了一个苍凉的手势，于是，数千健马齐声嘶鸣，数千铁靴轰然落地，轻风过后，大地微微战抖，那时，旭日初升，千山红媚，泉流击石，百鸟合鸣，一幅徐徐展开的优美的画卷，正等着人们去补白，于是一切顺理成章，原本持剑操矛的手，又开始抚琴扶犁，此后百十年间，杀伐之声渐渐化为宛丽的水气，明媚的波光溶解了北方漂泊者的梦想，狂野与文雅，红媚与沉雄，撞击演绎，如妙手鼓瑟，弦歌百里，孕育了一个古老的城市。

阳春三月，我站在这个城市最简朴的角落，站在学生时代放牧思想的地方，看刀戈的光泽掠进浩渺的天际，渐渐幻化成温柔的泪光，内心感动莫名。

许多年了，我沉迷于这个城市某一阶段的历史，醉心于这里的风土人情。当感慨世事如烟，生命不永的时候，我的目光总不由自主地定格于这个城市里的着现代服饰，驾机动车辆，却生活在唐朝音韵里的独特人群，他们操唐音，但别人说那是闽南话，一些操这种语言的人到了海峡东岸，又说那是台湾话，感谢闽南的山川河谷，你的吐纳迂徐大度，把战火置之身外，敞开胸怀容纳北方儿郎，容纳了这来自中原地区最辉煌时期的语言。这是咏唱唐诗的语言啊，李白曾用它咏唱明月，杜甫曾用它咏唱秋天，李隆基曾用它歌唱爱情，王维曾用它歌唱少年情怀……当大唐的辉煌过去以后，当浮华过去以后，当喧嚣过去以后，当一切沉寂以后，当一切归于尘土以后，当千余年风烟转瞬即逝以后，在海滨之地，东南一隅，唐音仍在，百里弦歌仍在。

世纪之交，月圆之夜，我站在汉唐故道揭鸿岭，10 公里以外是鹰扬将军的陵园，20 公里以外是他构建的城市，不太遥远的海峡东西两岸则是他和他的部属的后裔们构建的其他城市，前方是城市之光染红了的天际，脚下是悠悠千年的历史在睡梦中的喘息，风还是唐时的风，月却不是汉家的月，当夜鸟高唱，弦歌四起时，我的肢体感受到被历史磨砺的快感。

我醉心于百里弦歌，百里弦歌的平实，是经历了时势的开合与生命的起落后浮现出来的平实，它如士子，看庭前花开花落；它如村夫，荷锄戴笠；它如老妪，守一盏枯灯数片残叶；它如少年，笑容灿烂生命鲜活……百里弦歌是一种力，在经历了时间的挤压与锻打之后，那种力舒展开来，既不小气也不张扬，既非浅薄也非陡峭，一俯一仰之间，来得从容自如，正如闽南的平明春色。

百里弦歌是炫丽的，在时间的守望里，它可能是一组好词，一条土路，一株鲜艳欲燃的凤凰树，一座在岁月的长廊中游走的城市，一些城市中的特定具体；它也可能是一种纯粹的美感，一种历史氛围中的质感，一种意识深处的沧桑感……

百里弦歌，这是我灵魂的归处。

老街旧事

早年我在“渔头庙”待过一段时间，这地方以前大约有过庙宇，留了这么个地名，现在连地名也没了。

“渔头庙”有一长溜20世纪20年代的骑楼式的街廊，老辈人叫它“五骹距”，据说是仿照英国“麦加顿”式建筑云云，却无从查考。这“五骹距”通常有两层，上楼下廊，楼上多是雕花窗棂和青色琉璃栏杆，下面是整齐细腻的油标砖廊柱和溜光圆滑的石板路面。倘若外出遇雨，屋里人常会远远招呼：“快到‘五骹距’躲躲”，很是亲切。

沿街的屋子多前敞后开，门脸不大，状似平常，实则曲折幽深，门户勾连，大则可供二十来户人家生活起居，自成一个小社会。这一带街坊多贩夫走卒，掺了些许工人、老师，还有几个南下干部和他们的子女，倒也三教九流，却不怎么分得出高低贵贱来。人们闲时在廊下聚首聊天，饿了把饭桌摆到廊上，天热了索性在上面打地铺，也能做他一回清梦，这“五骹距”像无形的线，把街坊们的生活串在了一起。

街上大有名气的是一个叫阿江的中年人，生得挺拔英俊，据说当年在厦漳泉登台唱戏，赢得芳心无数。那时不兴唱戏，这人便赋闲在家，养一大班子女，不知做何营生，生活极是悠游，每逢酒意阑珊，即以掌击节，浅唱低吟，音极婉转，行人莫不引颈观望。

夏夜街廊上常有人“说古”。讲得好的是一个叫南仔成的屠户，整个弥勒佛似的，善讲薛仁贵征西一类的故事，无甚新奇。但这老伯稳稳一坐，声如洪钟，调却平和，轻摇一把大蒲扇，前后五百年的故事，娓娓道来。一节终了，早已夜凉如水。

另一个重要角色是那个姓吴的民警。他总是从街的这一头走到那一头，又从街的那一头走到这一头，十分权威和尽职样子，有时还把地面上的小混混弄去扫扫大街洗洗人民剧场。大家喜欢他，隔了老远就会招呼他：“老吴，吃饭啊！”等我们真的一起吃了回饭，那是二十几年后的事了。

隔壁那个南下干部的小儿子，也是我关注的对象，我喜欢他是因为他常说：“我们打赌，赌输了我请你吃甜芋泥，让你甜得入不了口。”于是我知道甜芋泥也是一种美味。

当然，称得上美味的还有一毛钱一碗的干拌面和五分钱一碗的咸豆花，从“渔头庙”顺街廊向南走300步即“市仔头”，“市仔头”的干拌面是有名的，那店里每天散发着熬大骨头汤的清香，店外有帮工洗碗筷的哗哗响，这情景现在想起来依然诱人。同样诱人的是边上的豆花担子。试想冬日从大众澡堂出来，有粉丝在炭火上煲着，有豆花在薄被里温着，有炭火的气息在鼻子里烘着，这怎么不让人不走神儿。

走神儿归走神儿，上学读书却是正事儿，从市仔头向东50步即是尚书巷，巷子里有明代正统年间户部尚书潘荣的宅子，以后办了小学校，每天书声琅琅的，也不知有没有惊动老尚书的大梦。一些年后我读《百草园与三味书屋》，以为那就是我的小学生活。潘府有高大的柱子，阔气的挑檐和漂亮的女老师，但没有皂荚树和石井栏，屋后旷地上长了许多红色果子，微酸略甜，我以为那是覆盆子。

前天晚上听女儿读诗曰:“草长莺飞二月天，拂堤杨柳醉春烟，儿童散学归来早，忙趁东风放纸鸢”，听起来有些当年的意思。

上头说的片段发生在老牛车与运水车穿街走巷的日子，人的记忆有时会被唤起，曾经发生的却不可能再发生了……

古城桥语

这城多水，长长的水巷在城里盘着绕着，桥便成了日常生活的一部分。

桥多红砖叠花作栏，青石作拱，宽两三丈，只是年份久远相貌依稀，已不是一个吟风咏月的去处。平素过桥的人步履匆匆，能够在桥上盘桓的无非是附近街坊，桥下的壕沟则是老护城河的遗存，沟壁参差不齐的青石沉淀着岁月的色泽，嫩青的植物攀着壁缝，风顺着沟过来时，叶子便响了起来。有一些窄窄的石阶从沟沿徐徐降了下来，早年自然是可以泊船的，只是打我记事起，在那里忙乎的，便只有高挽着裤腿浣洗的妇人和捞水浮萍玩耍的小孩。沟沿生活着一溜子人家，花红柳绿、酒旗当风的情景是看不见的，但是炊烟数缕，清歌一带渐入夜色空明，却是那个年代留给我的婉约的回忆。

太古桥所能提供的是简朴的生活氛围里的一点小快乐。去太古桥通常意味着一次熨帖的温泉澡或一碗可口的牛肉面。梅雨季节，又冷又湿，从乡下来的农夫，戴着大笠，披着蓑衣，过了这桥，放下手中的行当，跟店铺要碗面汤，哈着气，很响地喝汤、吸面，完了放下碗筷，伸手探探外面的雨花，满眼的松弛。一些年后，我在风雨缥缈的香港维多利亚湾的渡轮上，听座旁一位纤巧女子轻启朱唇，用家乡话说："太古桥牛肉面"云云，竟按捺不住归心大动。

伴随中清桥的有时会是一种比较纯粹的生存状态，北桥是中清桥的民间说法。这一带有很多“五骹距”式的建筑，这种建筑的忧郁气质似乎记录了一个逝去时代的全部的精神生活。即使满街充盈着和暖的日光，也不能挥去从老宅子漫出的旧年月的湿气。桥北有一户人家，这户人家有个小女孩，这个小女孩常常在“五骹距”下读书，这个安静、规矩、表情明朗的小女孩似乎生来注定是要作某种生活典范的。北桥的生活是很市井的，有很多讨价还价的声音，有一些骑车的、步行的人在桥上来来回回，然而似乎世间的所有的忙碌都不能打乱这女孩平静如水的目光。有时候我以为这个健康而又安静的女孩就像一滴留在桥栏上的水珠，或者一只在日光很足的晌午飞行的蜜蜂，简单而又饱满，令人看得不禁莞尔。

那女孩稍大一点去了另外一个城市，然后又去了更远的北欧。从潮湿的漳州平原到寒冷的斯堪的纳维亚半岛，其间一定有很多桥要走吧。我不知道，在遥远的异域，她是否还会选择一种临水傍桥的生活？

天庆观桥曾经温和地维护了市民精神生活的某种微妙的平衡。那桥西有观，叫天庆观，是唐皇敕建的道观；观前有街，叫观口街；街旁有井，叫天庆观井；井旁有榕，却没有名字。与天庆观隔桥相望的是东坂后礼拜堂，现在看来这座 120 年前才建起来的哥特式建筑的尖顶并没有损害已经在那儿存在 1200 年的天庆观所带给市民生活的和谐。若干年前，当天庆观的磬声和礼拜堂的钟声在观桥上空交相流荡时，去天庆观的人和去礼拜堂的人有时会结伴而行，到观桥后相互道个别，然后再寻各自的去处。

天庆观后来毁在陈炯明手里。

礼拜堂却还保留着 120 年前的模样，每逢星期天钟楼如约响起的叮叮当当声，常常吸引了一大群鸽子。

西乾河上几座木桥的存在是一种异数。这种桥做工不太讲究，通常由圆木拼成，外显褐色，厚重结实，远远望去透着油画般的质感。骑车从桥上经过，桥板便发出一连串闷响。有些牵藤植物长在桥栏上，阳光穿过桥栏时会在水面留下一些斑驳的影子。桥边有一家胶合板厂，机器开动时发出的锯木声无疑使桥看起来更显得低沉。在视野有限的年代，我对俄罗斯文学的最初把握，似乎是从这里开始的，我以为保尔和冬妮娅的约会，应该选择在这样的木桥上。这种美妙的联想也许完全要归结于一种青春期的条件反射吧。

这桥来得匆匆去得也匆匆，不知什么原因给搭了起来没多久又不知什么原因给拆了。只是在年前我偶然从一位不知名的本地画家的作品里才想起它们的存在。

这是我记忆中的几座桥……

一个曾经多水的城市，当桥淡出日常生活，有种精神存在，便要在不经意间觉醒过来，这种结局，并不出人意料。

站在夕阳的光影里

“长亭外，古道边，芳草碧连天，晚风拂柳笛声残，夕阳山外山……”

20 世纪 80 年代初的一个春天的早上，我和几个逃避功课压力的同学相邀去南山寺踏青，正值雨后初晴，琉璃瓦上日光晃动，空气中弥散着很重的湿气和不知名的花香，一夜春风化雨，草木青青，柳帘低垂，庭院的积水飘浮着枯枝残叶……一位同行的女生突然间低声吟唱，正是心情荡漾长夜难眠的年纪，一行人顿时鸦雀无声，灵魂出壳，此后，一种感伤优雅地贯穿了我的整个青春期，即使在成年之后，常常在夕阳西沉，光影泛动的时刻，一个叫李叔同的人，自然会寂寥地出现在视野之内，发也飘飘，衣也飘飘……

于是，我和李叔同之间，注定要发生某种因缘。

当这个因缘终于形成的时候，这个叫李叔同的风流倜傥的“西泠印社”的发起者，已经成了法号弘一的律宗僧人，旧交依在，往事却已是明日黄花。

1938 年农历四月初八，弘一终于来到我的家乡漳州城，在他身后的那个厦门，日机的炸弹正鹅卵石般地从天而降，我追寻的，便是弘一在黎明的雾气中，一袭僧衣，轻轻穿过城市时的背影。

也许是《送别》在冥冥之中的牵引吧，我一直十分固执地留神着才子李叔同与高僧弘一的那么一种精神关联，试图把握他从婉约的杭州到古风的漳州的那一段精神跨越。然而往事如斯，逝者长已矣，也许，这仅仅是后人的臆想罢了。

中国历代文人虽不乏慷慨悲歌，喋血燕赵之士，然而沉重、抑郁似乎永远是一个抒发不绝的主题，逢有世事变迁、家国动荡，精神生活的无据、无奈与尴尬，便屡屡成为某个特定群体的绝唱，像林和靖那样梅妻鹤子，像吴梅村那样沉吟不断、草间苟活，像王国维那样蓦然回首之后，自沉昆明湖，成了并非个别的生活状态。我想凡大智慧者必有大痛苦，尤其是那些脚踏传统与现代，受过西风洗礼，偏又壮怀激烈之士，大约会有一个不同寻常的思想过程吧。细览古今，军人主政，文人的济世梦，便带上了堂吉诃德式的色彩。我不太了解李叔同当时的心情，不管是深深的失落，是士大夫阶层潜意识里头的出世态度，还是对生命的另一种形式的唯美的体验，李叔同大概是不会像稍后的林语堂那样雍容一笑吧，于是，便在那个“接天莲叶无穷碧，映日荷花别样红”的日子里，李叔同长叹一声，悄然离去。

“长亭外，古道边，芳草碧连天，晚风拂柳笛声残，夕阳山外山……”

许多年前那首歌，似乎已经预示了些什么。

当这个早年叫李叔同的人出现在1938年的漳州城时，僧衣飘飘，随身携带一破布伞，一破蚊帐，一薄被，数本经书，如此而已。那个锦衣玉食的银行家的儿子，那个在东瀛以扮演茶花女而名动一时的青年才子，那个风流倜傥的浙江一师的教师，已作前尘。

漳州一地，佛风甚浓。鼎盛时期，境内寺院六百，僧众逾万。南宋时号称“佛国”。其中崇福禅院（南山寺）誉称“南州法窟”。天佑吾土斯民，漳州这个地方似乎也多了些运气，外界局势起伏动荡，总是远远波及，波及了，也就匆匆过去了。数道天然屏障横亘远郊，即便有较大规模的战事也就远远展开，兵气肃杀，造成的城区破坏通常被降到最低，太平军来了走了，张贞来了走了，陈炯明来了走了，毛泽东带领红军来了走了，稍后日军也来了，来到了大门槛，却又停下了脚步，几枚炸弹，大概不会引起市民太大的恐慌吧，动荡之后，生活仍在继续，少了些兵火，便多了些安详，于是有了一个独特的生存环境，战争、饥饿、天灾、疾病、暴政之下，市民仍然挤出一点空间相对安逸地生活，嗑嗑瓜子，听听“答嘴鼓”，看看歌仔戏，小桥、流水、佛号声声。但外界的冲击，还是来了。弘一到后第四天，厦门沦陷，日机开始在漳州上空肆虐，而弘一的到来，仍然引起了轰动。法师先驻锡东浦头祈保亭，其时，漳州名士蔡竹禅、施拔甘、施慈航、刘伟松、黄稷堂追随左右，或宣佛，或论文，一派活跃。

弘一在漳弘法期间以驻锡祈保亭时间最长。祈保亭始建于明代，三进庙宇，规模不大，供奉男相观世音菩萨。弘一住后楼楼上禅房。弘一以“祈保”跟“七宝”谐音，改“祈保亭”为“七宝亭”，之后给当时以制售八宝印泥闻名的黄稷堂题字“慧庐”，用的就是“七宝沙门一音，弘一”。

半个世纪之后，当我因工作之便来到祈保亭时，这里已经成了居委会的办公地点，物是人非，你很难判断这里曾作为庙宇存在过。借着窗外射进来的天光，当时追随左右的人留下来的一些描述，还是鲜明了起来：弘一每日早起，即在禅房里环行念佛，口不出声，不敲钟，不打木鱼。平日生活起居极为简单，夏季身上穿一白布衣，外罩乌色夏布长青，天寒加一短乌衣而已；食不过午，每日早晨4时和午前10时，各吃豆饭两碗；手不接财，多则分送诸寺；善信供奉笔墨，仅取必需者。各界求书，均照付不爽，书写前边磨墨边念经，写多少磨多少，均以《华严经》、《楞严经》集句而成。以书法弘法，足见弘一用心良苦。据估计，他在漳留有法墨上千条，然而几经浩劫，存世已不多了。

一个当时借居祈保亭的叫苏宗谢的人回忆：某日法师外出归来，行至庙堂内，适逢一群信徒在焚香朝拜，拥挤不堪，法师即止步不前，闭目不动，及至有人礼让再行走；某日，一群小童于庙前旷地上以竹竿围打一条小花蛇，法师见状急步上前劝止，亲自用小竹竿挑小花蛇放于庙后旷野，而后喜形于色。

我无意过多地留意当年李叔同是在经历了什么样的生命体验之后终于选择离家远遁的，倒是我以为一个年老的僧人，在异族的枪炮声中，一如既往地关注着芸芸众生，哪怕再幼小的生灵，这是在经历了什么样的苦痛之后才会有的慈悲呢？事隔多年，当我偶然读到这一则记录的时候，弘一喜悦的表情顿时让我心静如水。

厦门沦陷后，弘一给旧友夏丏尊去信说："近来在漳州城区弘法，十分顺利。当此国难之时，人多发心归信佛法也。"其时漳州频频受日机骚扰，旧日弟子丰子恺急了，打算接他到桂林暂避，他复信说："……犹如夕阳，殷红绚彩，随即西沉。吾生亦尔，世寿将尽，聊作最后之纪念耳。漳州弘法诸事尚未能了，缘不克他往。"于是，我的眼里，同样的夕阳西下，光影浮动的背景里，唱"长亭外，古道边"的李叔同身后，出现了一个每逢讲法必手书"念佛不忘救国，救国不忘念佛"条幅的弘一，出现了一个愤然而起，写《佛员动员歌》的弘一，弘一在这首歌曲里写道："茫茫神州起烽燧，人间浩劫几轮回。倒行逆施何乖戾，芸芸众生有家不得归，赤子亦无罪。这惨景冲破冷冷的琴声，摧残寂寂的红梅。我今日发宏愿，大发慈悲，卸下袈裟，披戴甲盔。救苦救难，猛回头，登彼觉岸，济危奋勇气不馁，阿弥陀佛，南无阿弥陀佛。"佛号声里，怎么就有了英雄肝胆，慈悲情怀。弘一法师就这样在漳州度过了他剃度二十周年纪念，从早年唯美地感伤，到终于要“卸下袈裟，披戴甲盔。救苦救难”，其间的心路历程，想必是十分复杂曲折的。弘一当然没有卸下袈裟，但是，当时追随左右的佛门弟子、各界人士确实纷纷捐款捐物，支援前线，传为佳话。

人们常说，大智慧者大苦痛，大苦痛者大悟彻，大悟彻后必大慈悲。没有敏感如丝的心灵，不会有《送别》那样深刻的体验；没有博大澄澈的情怀，不会有异族炮弹下的《佛门动员歌》，然而无论是优雅感伤的《送别》，还是空明澄净的佛号，其间那一种对生命的体验与感悟的珍视，成了弘一和李叔同之间的关联。在这里，我又一次看到传统文化人格是怎样演绎一个人一生变迁的。

一个偶然的机会，我曾经把 1938 年弘一与他的南普陀弟子广洽、一个居士吕玉书的在南山寺梅园的合影，和 1939 年徐悲鸿绘于新加坡的弘一法师像进行了比较：1939 年的这一幅面部消瘦，线条清晰，眼神中流露出一种悲天悯人的神情，大约是对生命寂寞的凝视，使往事如一些风中飞舞的花瓣；这里有太多的徐悲鸿对旧友的眷恋吧；而 1938 年那一张合影中的弘一，显得安静祥和如邻家祖父，只有被落日的光影笼罩着的人才会有这般自在吧。如今梅园已经成了工厂用地，当年那风清月朗，梅香四溢的日子大约不会再有了。

1938 年 11 月 4 日，弘一法师离开漳州。

1942 年九月初四（10 月 13 日），弘一法师圆寂于泉州开元寺温陵养老院晚晴室。

以后若干年，当年追随弘一的蔡竹祥、施拔甘等相继去世。

21 世纪初，广洽法师的弟子普法主持重修了瑞竹寺、南山寺，并在祈保亭旧址的东边修建了弘一法师纪念馆。

2003年春节，我的那些分别近二十年的同学又聚在了一起，旧事重提，已无人记起当年的那么一次春游，也记不起曾有过一个吟唱《送别》的女同学，也许，那仅仅是梦境中的一次偶然际会罢了。

悠悠古文庙

出府衙正门往南，穿过年份久远的石板路，左拐百十步，就是漳州文庙。

盛夏的晌午，红墙内了无人迹，除了一只探头探脑的雀儿和几片静卧着的落叶，便是隐约一点风了。空荡荡的石埕，仿佛刚经历过一场人生盛宴，忽然安静下来，纷乱的履声沉没到地底，空气中浮着一缕茶香。

那墙角的龙眼树下，横横竖竖着几块石碑，说的自然是一些训诫的话，作书的名字倒是令人肃然起敬，字迹有些漫灭了，却没有青苔和杂草。有几件残缺的石件被收拾在一起，据说那是棂星门的遗存。这地方原先大约是要“文官下轿武官下马”的，如今那些坐轿的骑马的没了，那类警示自然也就不存在了。

沿中轴线穿过戟门，依次是丹墀、月台、大成殿，双侧是两庑。在蔚蓝的天宇下，这些建筑宽大舒缓的屋脊，令人想起圣哲谦恭的背影。

月台有一种干净、明朗和收放自如的气度，自然是可以做祭祀的，也可以听风吟语。我以为那个曾让孔子喟然叹息的点，应该在这样的台上，鼓着瑟，面对师傅的提问，悠然应答：“暮春者，春服既成，冠者五六人，童子六七人，浴乎沂，风乎舞雩，咏而归。”

大成殿是心灵靠近先师的地方，适合冥思，或者和圣哲对话。明代建筑雍容典雅，一派中庸平和之气，阔大的屋宇和精致的细节，形成稳定均衡之美，展示着一种温醇的思想与情怀。在经历了数百年的风雨之后，大成殿泊在岁月的此岸，雕梁画栋保持着它与过去的某些牵连。在没有雅乐和颂词的日子里，访客足音依稀，一对仙鹤和一双麒麟目送着日与月的影子在殿前进进出出，一块电脑打印的招牌，和气地提醒前来参观的小孩留心烟火。你慢下脚步，发现时间源源不断地传递旧日的信息，有一种崇敬，却从未泯灭。它引导人们的视线，穿过岁月的雾障，看两千年前的齐鲁大地，那时，子在川上，听时间哗哗地从身侧流过，说:“逝者如斯。”

许多年以后，那些鄙弃他的或敬重过他的君王们消失了，那些爱戴他信仰他的门生消失了，那些祭祀他的寺庙还在，一些以他的名字命名的学校，诞生在世界各地；他的思想，被记录在21世纪的天空里，温醇如初；他的话被编印成册，放在许多人的案头；他的塑像被树立在丹墀，泛着沉稳的色泽，他躬身微笑着，空气中充满花的甜香。

放眼两庑，那里曾供奉着诸子和先贤，现在成了一条空廊，木格门虚掩着，光线醇醇的，似乎有期待的意思。

遥想丁祭时日，群贤毕至的典礼，牲宰、韶乐、庭燎与冠冕编织成的令人心醉的梦想，让黑发与皓首，那浸淫着子曰诗云的那一群人，挂着一年中最凝重的表情，尾随圣人的思想，亦步亦趋，修身齐家，治国平天下，不一样的人怀着一样的梦想，一样的梦想，演绎出来的，依然是不一样的人生。而当人们匍匐在他的足下，梦与祈求的权利是一样的。在流逝的岁月里，人们精心营造一种贮存精神的场所，不断重复一种庄严的仪式。也许，就是为了聆听自己心灵的回声吧。

典礼渐渐成了过去，营造典礼的年代也成了过去，文庙恢复平日的模样，流云在天上飞，麻雀在屋脊上走，诗歌和明月的故事在石阶上遗落……这地方成了寂寞的所在，在这儿流连的，也就那么几个仰慕他的人。有时，人们来这儿，读一点《中庸》、《论语》，清风翻动书卷的脆响和学子拖长尾音的吟哦，是长庑留在岁月里的最完美的记忆；有时，人们来这里讲一段《聊斋》，在一些皓月当空的夜晚，听猫行屋脊时发出的声响如雨打破荷，长廊尽处少女清脆的笑声如星辰般纷纷坠落；一些经历过一些事情的人，有时也会来这里，恬然做个白日梦，就像那荷笠的老翁，倚着廊柱，微笑飘浮在朦胧中，鬓如霜，须如雪……

府衙·在时间深处

这墙生得敦实，厚四尺，高二丈，墙砖大而齐整，一律灰白，不言不语，干净利索，砂石间的威严，却是敛不住的，这是府衙的残墙，在中山公园的西侧。府衙没了许多年了，不知为什么，这墙还在，西风斜照，晚霞似火，这墙便有了落寞的表情。

漳州在唐已有了建制，这衙算不算唐衙，不可考。白居易曾诗赠一位在这儿做刺史的吕姓朋友，让他“花前下鞍马，草上携丝竹。待客饮数杯，主人歌一曲”。想来做这府衙的主人定是一件妙事，居这千年老衙自然也算风流。

朱熹不过在这衙里住了三百来天，这衙便有了“紫阳古署”的美名。想来绍熙元年的那段时日，这衙里衙外必定是气息清明，朗风送爽。朱子据堂发威也好，秉烛夜读也罢，悠悠清漳水流经理学大师的心际，酿出的情怀总归是高旷深厚如醇酒。如今这衙是没了，但他所靡费心血的那州学还在，安静地留在老衙故址前不远的地方。日暮时分，天光顺着州学高大的廊柱一点一点地西移，隐约有儒者的袂影，在风中飘浮；有明亮的书声，在廊间穿行。

贾似道命丧木棉庵之前，倒也仗着在这衙里做主人的故门生的面子，在漳州城里唠上最后一餐饭食，才同他的两个儿子被郑虎臣打发上路。想那厮当日身份，自然是进不得府衙的，宝地有福，不曾沾了那点秽气。只是浮华与卑微，瞬息全成一片烟云；进城出城之间，生死已是殊途。此后衙是清静了，怕是那衙的主人，心情从此难以清静。

即便如此，高居漳州府衙正堂呼风唤雨，终归是一件荣耀不过的事情。当官长和他的仪仗从东门接官亭一路逶迤而来，一州一府百姓的命运，尽握自己手中，那种舒坦妥帖自是妙不可言。衙，是城的中心，因此，官家的门面，是要尽心装点的，待库银稍丰，府君们难免不动了心思，有时建成一座仪门，有时造一个石亭，有时摆一个照壁……门脸翻来覆去地变动，公门的排场也一天一天地隆盛起来。官家的威仪，是仕民的典范。因此，每年的呈春典礼、排衙、封印或者迎来送往，官样文章大抵演绎得风光盛大。八字衙门朝南开，上官僚属，锣鼓喧天地出场入场，个中滋味，只有自家人知道；功夫火候，却待他人评说。有道是铜壶漏箭，报时声频，一任又一任的官长，在那门楼下进进出出、来来去去，一个又一个的朝代，也就这样过去了。最后，府衙也没了，只剩下那残墙，很令人诧异地摆在那儿，也许是为了见证曾发生的一切吧。当人们步履轻松地穿过衙前的草坪，日光把蝉们烤得焦躁，一两只家猫趴在树荫下半梦半醒，三四个老人靠着石几有一搭没一搭地下棋，恍惚之间，一声惊堂木如裂帛般从隐深处传出，随后一阵“威”“武”呼喝，仿佛一场大戏，正要在时间深处鸣锣上演。

“仰文楼”是衙留在岁月里的最后一脉文气。康熙四十九年(1710年)的那一位知府，大抵厌倦了官家排场，在衙的后面，筑了这楼。楼做得四面临风、八方玲珑、规模宏敞、雄压清漳，知州大人公务之余，在楼中就一壶清茶、数缕和风，举杯邀月，把玩文字，省却了往来应酬，那额外拈来的好心情，不知可曾给清漳百姓带来意外的福祉？后来那楼做了博物馆，虽是面目全非，而书香犹存。在寻常的日子里，日光和学子专注的表情，令那里的空气静谧而又安详。

出了府衙就是府埕，府埕是官家和民间两种精神生活的交汇处，往昔大约也曾挤着往来官员的车轿、颐指气使的童仆和在远处翘首张望的凡夫，两侧“五骹距”街廊是陈炯明据漳时的旧物，现在已是热闹所在，往来的是为商为贾的凡人，官家的威仪湮没在市声俚语中，肆无忌惮的欢笑声交织着锱铢必较的琐碎，旧日的时光已蒸发成燥热的空气。再回头寻找残墙，已隐藏在别的建筑里……

没了知府和府衙的日子，生活依然继续，喜怒哀乐依然生动，街巷里的爱情依然缠绵……

走过比干庙

我女儿上幼儿园那一年，我第一次见识了比干庙。比干是故事里常听说的，但在一座南方的小城里，看见他的庙，就有点出乎意料了。

比干庙就在幼儿园的后面，原先是有三进的，现在保存的中进四方殿，约400平方米吧。坐北朝南，重檐歇山顶，红色筒瓦，梁式斗拱粗大紧凑，雕镂颇细腻，据说有宋元遗韵。

殿前是一旷地，作了幼儿园的操场。场中植了一株杨桃，枝叶青茂，日光下注时，常让人想到春天和一些新鲜的事儿。树下架了张摇椅，下课时常有小孩在上边玩，旁边看着的是他们的父母。

那殿门紧闭，凑着窗子往里看，了无人迹，似乎作了仓库，或者根本就没派上什么用场，就这样一年四季关着门扇，里头胡乱搁了一些物件，却是与庙无关的东西，上面满是灰尘。

老人说，这比干庙也叫林氏宗祠，是早年漳州七县林姓合资修建的。如此说来，这商末的大人物自然是他们的始祖，他的子嗣如何千里迢迢从西北内陆辗转到东南沿海，就不知道了。想着国家两千年来发生了多少变故，一支族系的迁徙原也不是什么奇事，比干曾经是那么有名，在离开故都那么远的地方，隔了那么长时间，他的子孙还要建一座祠堂来纪念他，祠建成后，当地的文武官员，每逢清明，还得来祭祀他。

我常想两千年前的那个叫比干的商朝王族，一个即将亡国的臣子，一个被不争气的侄子弄得心烦意乱的长辈，一个让自己的君王杀死的老人，是否有心情在远离家乡的多雨的地方，安然享用子孙与官员的献祭，从此不再理会与那个被爱情弄乱心智的商纣王的恩恩怨怨呢？当先祖遗留下来的河山如潮水般溃去，昔日唯命是从的臣子像鸟兽般散尽，他是否也曾像一个预感到大厦将倾的长辈一样焦虑不安，痴心期待着那个暴虐无度的侄子的回心转意呢？在幼儿园的边上，那一低矮的老厝里，有日光的朝晨，有时会有一个瘦削的老人，在窗口晃一下，那一脸忧郁的表情，倒让我想起那个让国事家事弄得疲惫不堪的林家始祖。

比干所钟爱的那个王朝，已经留在历史里，电影有时会出现他瘦削长须的形象，他的身边总是有他的那个高大威猛的侄子，两千年来，他的英名和他的侄子的恶名形影不离，就像他们曾经有那么相近的血缘一样。奇怪的是，他固执的正义的表情，总是不如那个荒淫无度的侄子商纣王那么鲜活生动。

乡关万里，当年的伤心事，大约已经远了，毕竟，生活在东南沿海的那一群子嗣，心情也是一样等着他的眷顾。当先祖的高风亮节被重新提起时，祠成了延续尊贵的血脉和精神理念的标志。于是，殿两侧的厢房各十余间书屋，常年住着过往的族中子弟，在远离父母家庭求学的日子里，大约有过秉烛夜读的寂寞吧。越过祠堂外墙，便是寻常人家的宅子了，在一些春暖花开的日子里，林家子弟的书声，是否曾让邻家女孩心情荡漾，就如《西厢记》或者别的民间传奇所描述的那样呢？

比干庙是荒芜了，夜深人静，不再有温暖的烛光透出窗户；鸡啼时分，不再有蹄声踏破庭前的轻霜；木门紧闭，不再期待轻扣的手。殿独自适应了学子不再来的日子。那些不知年月的雕梁画栋渐渐暗淡下去，尘埃的世界依然弥漫着旧日陈香。

比干庙已废的前后二进，一作了幼儿园，一作了小学校，殿在中间，供奉的香火不续了，但是琅琅书声，每日清晰地传到这里。

殿前殿后是很热闹的所在，但因为有庙，总觉得不喧哗。上学放学的时候，这地方挤满了接送的父母，做父母的心揣着一大堆事情，那殿那人，是不会再有人惦记起了。偶尔一两个过路的，奇怪地看看夹在高楼中的那庙，也就过了。

海峡西岸一座城

飞机穿越海峡，不过六十分钟。

早晨，在家用餐，9时，驱车往厦门机场，11时40分，登上“中华航空”的班机，一时，人已在台北桃源机场。

这一切，仿佛仅仅是一次闲闲的云间漫步。

如果距离可以决定一切，漳州，就是这么一座隔着窄窄的海峡和台湾相望的城市。

漳州，地处福建最南端，与台北几乎同处一条纬线上，陆地面积1.29万平方公里，海域面积1.86万平方公里，日光、海浪、田野、山峦，亚热带瓜果的芬芳，以及那些艳阳下淡淡的生活味道，让你常常忘记身在此岸，或者身在彼岸。

一　一个永恒的城市话题

漳州过台湾，是这个城市永恒的话题。

一千三百年历史，和台湾也息息相关；四百八十万人口，与台湾的血脉相连。今天，两千三百万台湾人，祖籍在漳州的已经占了近一千万。

在这样的城市，来自海峡两边的、一些相干和不相干的人，会十分惊讶地找到他们共同的源头，他们的祖先，从来自干燥的中原，或者军人，或者商贾，或许农夫，或许官吏，来到这些水汽氤氲的土地，侥幸活下来的，成了一个族系的源头，而后，成为一幅时光作品，照亮城市的记忆。

今天，台湾一百个大姓，至少有一半来自漳州。

如果你是漳州人，在暮春的台北街头，你一定不会寂寞，一样的面孔，一样的口音，一样的习惯，使你不会迷失在来去匆匆的午夜车流。或许不仅仅是巧合，你在行程中所遇到的所有人：广东人、客家人、外省人、原住民，名嘴、记者、司机、导游，台北 101 金融大厦的柜员小姐、南部小镇垦丁的海滨歌手、士林官邸的游客、台东娜鲁湾酒店的服务生、宜兰苏澳餐馆的军人……那种萍水相逢时的矜持在经历了恍然大悟似的开心一笑后不约而同讲起的古老的河洛话，使那些形成于时间和空间的隔阂开始显得可有可无。

所以，在台湾，你时常想起，你是漳州人，你是河洛佬。

高雄，从这里看海，海天一线，货轮在熹微的晨光中徐徐进港，大叶榄仁的叶片，在亚热带的海风中摇曳，从这里到漳州，不过96海里，在蓝天飞翔的海鸥，仿佛可以轻易飞到彼岸。

从 1612 年漳州人颜思齐率领 13 艘商船从笨港登陆开始，台湾大规模的拓垦活动拉开序幕，随后，三千漳泉子弟加入垦荒行列。

再后来，从漳州数十个港口出来的木帆船，使开发台湾，成了整个清代漳州经济社会的一件重大事件。东渡、东渡，一种不可遏制的诱惑，吸引几乎漳州的所有姓氏，仿佛在赶一次声势浩大的庙会，几十人、数百人，呼朋唤友、联宗结社、跨海而去，一个个家族，带着血缘印痕，在海滨山间，落地生根，然后枝繁叶茂。

台南平原、台中盆地、台北盆地、宜兰平原……一个个漳州人的聚落，成了近代城市的雏形。

龙海白礁慈济宫，层楼迭展，宏伟壮观，当年，三百白礁子弟从这里随国姓爷越台，自此在彼岸繁衍生息。每年农历三月十一日，那些白礁子弟的后裔，会聚集在台南学甲慈济宫前，遥拜大陆祖宫，三百年间从未间断。那三百儿郎中，有一个叫王文医的，据说是东晋名相王导的后人，在台湾传了11代子孙。

诏安县太平镇百叶村星斗自然村，群山拱翠，流水潺潺。一座建于400年前的半圆形土楼隐约其间。这里繁衍着一批开漳圣王陈元光的后裔。1737年，一个叫陈乌的陈家子弟从这里去了台湾，二百年后，他的后裔活跃在台湾政坛。

南靖书洋，这里繁衍着吕氏家族。这支发源于山西永济的古老家族，迁入书洋已近五百年。龙潭楼，是这个家族薪火相传的象征。从1740年吕廷玉走出龙潭楼赴台湾生活，到三百年后子孙重归故里，龙潭楼始终是他们心中根之所在。

在基因的链条上，记录着所有家族传承的信息。忘却的，总能在不经意间被想起；失落的，总能在最需要时被唤回。

二　移民的城市

漳州，就是这么座移民的城市。一座由中原移民建造的城市，一千三百年前，唐朝的岭南行军总管陈元光和他的追随者开创了这座城市。漳州又是一座输出移民的城市，在这座城市建立大约九百年后，创建者们的后裔又开始成群结队地走出这座城。

漳州历史上两次大规模的移民行动，一次以漳州为终点，是农耕文明对海滨蛮荒的洗礼；另一次以漳州为起点，是黄色文明与蓝色文明的碰撞。

所以，这是一座融合了两种文明、两种性格的城市，对祖根文化的认同和对未知世界的容纳，使这个城市的人群带有那么一种达观、开放的移民气质。

就像那阴晴多变的天气给城市带来的丰富表情和多彩的色调，多元文化塑造出来的移民族群，既有像潘振承这样富可敌国的行商首领，也有像板桥林家、雾峰林家这样的商业巨族，还有像林语堂这样的文化大师。

这种精神特征，让人想起那些至今依然保留在两岸的中西合璧的历史建筑，那些街、那些巷、那些散发着旧日陈香的厝，始终保持着闽南文化的显著特征，不守旧、不媚俗、不排外，那种表象与生活在此间的人同生共存，喜欢什么、习惯什么、就坚守什么。

所以，人们可以保持一种艰辛时日的乐天，困顿时日的达观，并且把它们作为一种精神传承，带到海的那一边去。

歌仔，一种被传唱了一千年民谣，至今在漳州的午夜街头，依然有人在“宜宜”传唱。而海的那一边，人们把它变成台湾歌仔戏，让“宜宜”的音韵，把产生它的嗄玛兰，唱成漳州人的宜兰。

歌仔戏的故事如同时代的演变，在漳州，在宜兰，见证世事交替人事变迁，让那些热爱自己城市的人，在追求效仿别的城市的影子的时候，得以转移摆脱过于资本化的社会的制约，而保持自己的一些古老元素。

人们常说，漳州家族搬迁台湾，仿佛就是一次干净的搬家，家乡的语言，家乡的风俗、家乡的神祇，所有能搬走的，都搬走了，不能搬走的家乡山水，就带着个名字吧，家乡有座圆山，台湾也有座圆山；家乡有座芝山，台湾也有座芝山岩……

故土的文化就这样被完整地移植到了新的居住地，并且在两岸，开成遥相呼应的奇妙景观。

漳州台湾路历史街区，作为城市规划的一部分，其整治工作已经获得联合国教科文组织亚太地区文化遗产保护奖。作为近代城市的缩影，它依然存活于人们的生活中。历史似乎以这样的方式，提醒人们：传统的生活风貌完全可以用一种很自然的方式在现代生活中继续延续下去，并上升成一种弥足珍贵的精神存在。

仿佛仅仅是从一个街区走入另一个街区，你前脚跨出的是漳州台湾路“五骹距”街廊，后脚已经踏入台湾大溪镇“角仔亭”，阿嬷泡制的大溪豆腐干的香，叫悠悠而来的漳州人吃出家乡味、古早味，还有那塞满街巷的漳州腔让人不知道何处是家。

对于在家的漳州人，在外的漳籍人，那些潜伏在岁月里的古厝，不再仅仅是遮风拦雨的所在，它的内敛、它的潮气、它的旧日清香，无不在完成着一种对旧日生活的精神守护。

守护人的精神家园的，或许，还有那些来自家乡的神祇的温暖的香火。

东山关帝庙，依山临海，遥瞰万里碧波，许多年前，当铜山水寨的官兵们怀揣香火在帝君的目送下启程戍台时，谁曾料到：随着他们的播迁，这里会成为台湾四百多座关帝庙的祖庙。

漳州浦南陈元光陵园，草如茵，松如盖，海峡两岸数千万讲河洛话的人，会在这里找到一种文化的起源，这种文化，今天我们称之为开漳圣王文化。

在今天的城市，一些不曾被遗忘的角落，那些苍老的榕、古朴的坊，那些祭祀陈元光的庙宇刻意渲染的红，仿佛成了这座城市的生命颜色。

在长达数个世纪的时间里，开漳圣王、保生大帝、帝君、妈祖、天公……在一片温暖的烛光里完成了对两地子民的精神守护，并成了彼此之间的精神关联。

漳州人，或者离家在外的漳籍人，大都是迁徙者的后代。所以人们知道，在哪儿，可以找到合适的精神空间，在哪儿，可以找到合适生活的起点，什么应该带着，什么应该放下。

所以，人们的生活，因为知道坚守，所以淡定；因为懂得坚持，所以不迷失。

三　昨天的故事，明天的故事

站在宝岛西海岸，眼前是一座无限的大海，如此蔚蓝，蔚蓝得可以入梦。

在最近的五个世纪的时间里，这片海域，曾经承载过太多的梦，航海者的、商人的、政治家的、军人的、农夫的……贸易、战争，多国外交，所掀起的千层波浪，使这个地方充满了呛人硝烟和白银的悦响。

晚明，台湾海峡，是东亚最重要的国际通道。

漳州河口的月港，是中国海外贸易的支点，从月港到马尼拉，是中国与西班贸易的主航线；葡萄牙人控制下的澳门，曾经是东西方贸易中最具活力的城市，它的航线，经过这里；而日本，与东南亚诸国的贸易，这里，也是必由之路；穿梭于漳州河口与台湾的戎克船，使台湾，成为中国人与荷兰人贸易的中转，阿姆斯特丹的天空，因为源源不断运来的漳州青花，而显得那样蔚蓝。

在逝去的岁月里，漳州河口驶出的商船，曾经引领着中国的风帆时代，并且使漳州的身影，和中国台湾、和欧洲近代历史融合在一起。

今天，漳州，不再偏居东南一隅，逶迤七百公里的海岸线，造就二十几个天然深水港湾，一百三十三个万吨级码头，等待开发；福建六个深水港湾，漳州拥有两个，九龙江、漳江、鹿溪，那些曾经孕育过海洋商业文明的短促的河流，重新被赋予临港石化工业布局的历史使命。厦门港、东山港，它们的前方，是广阔的太平洋，在它们的后方，是一千平方公里的腹地，浅滩、丘陵、山峦，绿色、宁静、富饶。全国第一家台资企业、全国第一大规模台资农业企业、全国第一批海峡两岸农业合作实验区、全国第一个两岸农业经贸合作平台、全国第一批台湾农民创业园、全国农业利用台资第一，水果之乡，花卉之都，水产基地，那被花神祝福过的大地，一年四季，繁花似锦；四季秋冬，灿若云霞。

如果“南澳一号”重现的只是一段封存的时光，一阙久远的青花往事，“克拉克瓷”的故乡，依旧的涛声，或许正在唤醒曾经的丝路花雨。

作为国家级交通枢纽的城市，三条铁路、六条高速公路、两个正在建设中的三十万吨级大型码头、一条沿海大通道、一条跨海大桥，正在构建现代城市的交通大动脉，福厦、厦深铁路在通车后，漳州与珠三角、浙江将形成三小时经济圈。

这就是数个世纪以前在西方古航海图上屡屡出现的城市，一座被西方航海者视为财富与荣耀所在群起而至的城市，一座有着失落的英雄情节城市，冲动、吸金、魅力、潜力，使她成为台商投资密集地。

陈江会、ECFA、PX 项目、PTA 项目……人们最终需要接受的是生活的蜕变。

古雷，东山湾东侧狭长的半岛，珍珠链般的菜屿列岛围绕着它。古雷港口经济区，介于厦门、汕头两个特区中点，与台湾隔海相望，它的存在，彰显着整个城市发展的战略：漳州拥有独特的区位优势，正在努力成为台湾产品进入大陆以及大陆产品出口台湾的仓储中转物流基地。

开放、对接、产业转移，正在成为热门话题。

人们期望一种结果：当两岸产业互相开放，迫切寻找发展空间的台湾石化、机械、纺织、农业，将给漳州带来更多的机会，台湾的金融，物流、文化创意将给城市提供更好的远景，一些以大陆市场为目标的台湾中小企业在加速把营运中心自大陆转移的过程中，天平将使漳州倾斜。

眺望大海，五百年光阴一闪而过，隔着一道海峡，漳州的身影，与台湾的身影，将再度融合在一起，并开始一个新的故事。

四　不仅是开始，不会是结束

台北，王朝饭店，我们这一行程的终点，电视机正在播放上海世博会的消息，人们轻声讨论漳州经贸文化交流团的赴台参访，窗外，铅灰色的天空，因为微雨而充满湿意，我们相信，这里的一切开始拥有一种隐喻：正在发生的，不仅是开始，不会是结束。

二、河山

洒在村落间的遗梦

在时间的两岸，我们无法对先人留下的精神遗产做出茫然无知的表情，当一些古老的城镇与村落，穿过岁月的雾障进入我们的视野，一些遥远的声音、一些古朴的表情、一些将逝的生活细节，都在和暖的日光里绽放出鲜活的生命，历史便不再是一只断了线的风筝，任意切割现在与过去的关联，于是，我们相信，我们曾忽略的，比我们已知道的还要多，这就决定了我们对这些岁月遗址描绘过程中所持有的审视的目光和探索的心情。

当我们的思想开始在一片静寂中翻检我们的过去，那些滞留在岁月中的村落，宛如风中的枯叶一般在褪色的记忆里翻飞，我们找到了溯源的理由。

一　石桥村

在南靖县西部书洋乡的一个清流如带、绿树成荫的高山溪谷，隐藏着一个鲜为人知的古村落——石桥村。明代初期以来，一支张姓客家人在这里艰辛创业、繁衍生息，布满溪谷间的几十幢土楼，是他们的家园。

石桥村以宁静和粗朴的氛围走进视野，沿着缓缓的阳光照耀着的河石村路行走，草在墙头摇晃，一些蕉树生长在蛮石间，土楼门敞开着，几条木凳和一些零零碎碎的家什散落在门厅里，鸡在天井里觅食，牛若无其事地从门口晃过，三两个人在它们中间闲聊。通过临溪的窗户，可以听见溪水哗哗地流。再看远远近近的土楼，错落在溪谷间，一副凝重的表情。

明朝初年，一个叫张念三郎的年轻人，从广东大埔浪游到这儿。也许曾发生过一声福至心灵的叹息吧，这个年轻的铁匠，放下行囊，娶妻生子，此后五百年，张家的血脉在这块土地有了深刻的关联。

山深林隐，构成了对先人深刻的诱惑，尽管这地方仍然蛇蟒盘结、虎豹出没，荣华富贵似乎是一种遥远的梦想。然而，三团溪的波光跳跃着鲜活的气息，清风中晃动的树叶述说生命的欢愉，温暖的阳光平均分配给了大地。

很快地，张念三郎在东山脚下建起了最早的方形土楼。村里人说，昌楼很小，10 米左右见方，上下两层，中间为天井，四周围合八个房间，不开窗户，仅靠天井和大门采光。昌楼消失在 50 年前，那些石基隐约在草间，历历可数，仿佛还在述说创业者的艰辛。三团溪的数十幢土楼，有了昌楼，便有了根的维系；石桥的张姓人家，有了昌楼，便有了昌荣的希望。在为生存而努力的年月，家庭生活的轻松和温馨，似乎是可望而不可即的事情，山间的警讯时时让主妇竖起耳朵倾听在田间劳作的亲人的消息，一些若有若无的假想敌是人们茶余饭后的话题，于是，家被建成一个几乎能锁住光线的堡垒，而男人在田间耕作的动作，看起来更像一种战斗的姿势。

此后，石桥村陆陆续续建起的土楼，虽然造型各异，却无一例外地显示出统一而且平均的特点，空间序列严格规整，主要构件大小统一，围绕一个院落，紧抱成团，这种军营式的建筑观念，像一根尖锐的楔子，贯穿着此后五百多年石桥人的日常生活。

一些年后，永安楼出现了。永安楼是石桥所能见到的最早的方形土楼，这楼坐南朝北，安全依然是刻意的要求。结实的蛮石墙基，厚厚的夯土墙体，无言中流露出张家人走出最初困顿时的谨慎心情。这时候张家传到4代，人口不足10人，这楼却上下4层64间房，子孙的未来早早地做了规划。在这个偏远的山间，一种薪火相传的理念，融汇到张氏血脉中，展露出极为执着而坚韧的品质。

石桥村的整体布局形成于十到十三代，大约到了清朝初叶，石桥张家度过了艰难的创业期，其时家族人丁兴旺，农业和手工业并举，生活环境渐渐稳定下来。于是，人们从昏暗的房间走到日光下，清凉的山风让心情变得柔软，田野流淌的从容的笑语瓦解了主妇眼神的不安……渐渐地，封闭如堡垒的方楼，舒展成了自信稳健的长楼。

长源楼的出现反映了村人在物质财富和精神生活上开始享受到的自由。长源楼面河而建，一道宽厚的挡石挡土墙从河床升起，稳稳托住基座。这楼长36米，宽12米，正房三层，倒座一层，前高后低，顺乎自然。轻巧的木质结构，与坚硬的基石呼应，沉着有力而又从容洒脱。而高低错落的屋檐在目光中变幻的光影，洋溢着明朗的家居生活的气息。凭窗临风，看遥山近水，听溪声鸟鸣，往日的艰辛，也就渐远了。长源楼北侧的逢源楼，是张家子弟读书的地方，规模小礻开放透亮，临溪这一溜被做成透空花样的女儿墙，在流逝的日子里，也不知曾放飞过多少雀跃的心情。如今世事已非，当孩子们笑着穿过瑟瑟的走廊，到阳光里寻找欢乐，遥远的书香，再一次被唤起。

向日楼和向月楼是人们奇思妙想的结果。这楼状如牛角，倔气而沉稳。据村民说，这楼能够精确地把握春分、秋分的时间。每年春分那天，太阳恰好正对向日楼的大门升起，秋分时，月亮又恰好正对向月楼大门落下。想当初，张家的先人沐浴着清凉的山风，坐看这日起月落，想必也曾有过偷得浮生半日闲的心情吧。

在石桥村的长形土楼开始走向成熟的时候，命运又带来了一次变数。同治年间，太平军纵横漳州，石桥一带山高谷深，成了军队的转战地。厚重的土墙终归抵不住犀利的炮火，正在兴旺的石桥村建设遂告停止。60 年后，建设重新启动，一种封闭的、防御性强的圆楼取代了原本那些相对开放和自由的长楼。

圆形的顺裕楼兴建于动荡的年代，倡建者的命运因此蒙上了悲剧色彩。据说为了一个儿时的诺言，一个叫张启根的年轻人从南洋携资回乡，于是有了 1927 年顺裕楼的动工兴建。然而工程的完工却是 20 余年后的事了。其间艰辛不得而知，只是人们搬入新居的第二年，张启根被送往苏州劳动改造，从此踏上不归之路，一些年后，张启根病死狱中，留给后人的，便是这粗朴的楼和零零碎碎的传说。

在经历了战火和杀戮之后，所有对平静生活的期待被深刻地写在家园的重建上。圆楼封闭而向心，仿佛抱定信念，要以坚固的墙体和温暖的亲情，抗拒外面世界的风寒。顺裕楼上下 4 层 288 间房，鼎盛时居民 900，此后出现的圆楼，规模无出其右。然而，对石桥的历史来说，土楼的兴建，毕竟已近尾声了。

石桥村坐落在大地的隐秘处，同它的建筑一样，性情内敛，不事张扬。但它并不是一位在连绵群山中遁迹的隐者，把许多优美的想象留给诗意的空间。500 年来，它守望悠长的岁月，当世事更迭隐匿了生活原来的面目，苍翠的青山掩藏了生命斑驳的细节，石桥以它脉络清晰的建筑群体，展示出一种坚韧的生活理念和与艰辛对峙到底的倔强和信心，让仰望者备感苍凉。

二　湘桥村

湘桥临江，九十九弯曲水过处，橹声悠悠，梦也悠悠。

湘桥是个几乎与大清帝国的运势同步的村落，前后鼎盛200余年，“五世为官，七世经商”，记载了湘桥黄家全部的荣耀。

从顺治年间黄光星及第开始，黄家祖孙五代人科甲连登，以一个耕读世家，荣耀连绵康熙、雍正、乾隆、嘉庆四朝，其间，黄光星的九个孙辈中竟有4人博取功名，湘桥黄家由此声名显赫，盛极一时。

湘桥老厝隐隐有醇和之气，“大夫第”是黄光星的旧宅，厅堂、井廊、护厝环环相扣，五进规制，严谨雅致似有旧主人遗风。“大夫第”四周是黄家几代人建起的9座大厝，檐角欲飞，气宇不凡，往外旗杆广竖，记录的自然是湘桥往事。

在夕阳和流水的辉光里，这些散发着旧日沉香的老宅，道不尽一个家族的兴盛与沧桑。总归是岁月已老，空阶无语，啾燕雀唤起的阵阵晚风，在年份久远的匾额上缠绵不去，衰草、烟霞以及榕树下老烟客的只言片语，把时光中的湘桥渲染得梦一般飘摇。

湘桥出官人，也出商界好手，似乎天随人意，家族的生意总是和子弟的仕途一样舒畅通达。曾几何时，湘桥村的九十九道湾码头，舟帆云集，货囤如山，鼎盛时期的湘桥人以40余艘大海船穿行闽台海面，用本地的棉纱，换回了满舱的海味和米粮，就连那些建大厝的青石板，也是自家的大船从泉州直接运到门前的。据说，乾隆年间，黄家的富有勾起了上游内林村亲家的好胜心，不甘示弱的内林人竟冲着钦点翰林黄澜枝将蔗糖和着粗糠倾入北溪水中，香飘20里。却也分不出高低来。

“日现不蔽前山色，夜来常闻潮水声”，湘桥黄家借一方宝地福格，因科甲而荣昌，以经商而富足，强大的经济实力，铺起了族中子弟的青云路，谱写出这个家族亦官亦商的传奇。湘桥黄家因此人丁兴旺，闻名遐迩，足足维护了200余年荣耀，即使日后家族式微，后继乏力，还是有一个叫黄稷堂的湘桥人，以书画闻名，把那一脉文气，又延续了许多年，这大约是那些以科甲显达、以经商致富的先祖所始料不及的。

三　赵家堡

漳浦湖西硕高山，一个王朝的千年遗梦，散落在这儿的斜阳草树里。

1279年，宋室崖山败亡，侥幸冲出元军重围的四艘船只，载着闽冲郡王赵若和，漂往漳浦海面，一脉天潢贵胄，从此隐姓埋名，成为湖西黄家。

明洪武二十年（138年），御史朱鉴在审阅一宗同姓近族通婚案时，瞧出蹊跷，一对新人，终于没有劳燕分飞，而灭国王族的身份，却由此浮出水面，此时，距宋亡已110年了。

在南宋王朝枯灯将灭的时候，既然无力振臂一呼，又不肯俯首称臣，于是，一小群人安静地隐匿在东南方荒凉一隅，遥想汴梁，一道薄薄的土垣，圈住了灭国王族最后的精神领地、往事与随想，撑起了飘摇的尊严。等到赵若和第十代后裔一个叫赵范的退休官员，倾其宦资，掘地筑城，建起现在我们所能看到的赵家堡时，已是明隆庆五年（1571年）的事了。赵家的世仇元帝国早已灰飞烟灭，宋朝的明月在大明的天空中泛着皎洁的光芒。于是，家族中兴的梦想被小心翼翼地提起。

接下来，繁华旧梦被重新复制，尽管有些凄婉而底气不足，但是，赵家堡还是被建成缩微的汴梁。

赵家堡以尊卑有序的布局维护着王家风范，大荷池仿照的是昔日的潘杨二湖，汴派桥自然与汴梁有关，聚佛塔的位置恰好与故都铁塔暗合；大禹庙也被建了起来，湖西虽然没有水患，但先祖祭祀的庙宇被细心供奉着，分明也是一件心情。中心建筑“完璧楼”取的是“完璧归赵”的意思，只是那个“璧”字，“辛”被占去了大半，剩下的“王”字也就若有若无了。赵氏家族在凄风苦雨中一路南奔，好不容易有了栖身之地，所以，城堡的正门修建成朝北，遥对乡关，南门却索性给堵上了，大约是希望子孙后代无须再颠沛流离的意思吧。

大明朝的退休官员赵范和他的儿子赵义，精心构筑了一个令人酸楚的梦想，最后成了后世子孙孜孜以求的目标。一座四亩大小的城堡，在不断的添砖加瓦中，往事与追忆，荣耀与责任，被泥浆砌入缝隙，凝固了此后数百年的岁月，只是《清明上河图》里的繁梦不会再有了，临安的烟花三月也不会再有了……

想当初闽冲郡王赵若和先以宗族旁支进宫，又因宫廷之争错过了入继大统的机会，却因此意外地保全了一族血脉，福兮祸兮，只有留待后人评说了。

只是元延祐三年正月的那个风雨交加的夜晚，当赵若和将先祖的荣耀和自己半生流离写进湖西赵家族谱第一页时，他大约不曾料到，一个王朝残梦，会如此悠长、如此缠绵悱恻……

赵家子孙在命运之神的牵引下，仓皇离开先祖的土地，一路躲避仇敌的追杀，最后在陆地的尽头坚守着这一片孤城，一个百年接着一个百年过去了，一个王朝接着一个王朝消失了，这期间又有多少王孙沦落民间，又有多少贵胄老死寻常巷陌，谁也说不清了。渐渐地，灭国之痛淡忘了，寻常的生活总是洋溢着人伦的乐趣。春种秋收，四季轮回，洞房花烛，金榜题名，袅袅炊烟和美丽的日色，装饰着赵家堡的墙垣。

西风残照，断碑劲草，一个王朝的背影，也就浮沉在现实与虚幻之间……

王守仁的九峰

越过那些落日中的村落，往昔的艰辛已沉淀成土地的颜色，文明的迹象在山间小溪泛着醉人的光泽。我们看见了一些人格化的城，感觉到了那些老城上空集散着的人文气息，最后我们透过凌乱的岁月雾障被这些气息所感染。

作为漳州境内唯一的一座省级文化名镇，九峰的历史，与一个叫王守仁的明朝都察院左佥都御史有着特殊的关联。

明正德十二年，（1517年），著名理学家王守仁奉旨督师在闽粤边界剿乱，基于“添设县治以控贼巢，建立学校以易风俗”的战略思想，以九峰为县治，置平和县，取的是“寇平而人和”的意思。

王守仁的行政管理水平显然同他的治军艺术一样漂亮利索，随着置衙门、建文庙、筑城墙、设街巷，一座崭新的城镇很快在闽粤边境的青山茂林中屹立起来。

在整个明代，文人治军始终是一道亮丽的风景线，活跃在各个战场的读书人在殊死拼杀之余，也不遗余力地做着文化播种的工作，于是在一片血气中，九峰迎来了文化昌明。

意味深长的是，一个不大不小的县治，却按照府城的规格来建置它的文庙和城隍庙，这似乎喻示了这位一流的大儒兼军事首领的远见卓识。

王守仁亲自设计并主持了修建工作。西街文庙建于正德十三年（1518 年），具有典型的明代梁架风格，庄重典雅，一派素静，“万世师表”俯视着群山大地，从此改变了许多人原定的旅程。东门城隍庙建于正德十四年（1519 年），规模为闽南各县城之冠。有意思的是，与九峰没多大搭界的王维被堂而皇之地请上神座，做起了九峰的守护神。这个唱着“大漠孤烟直，长河落日圆”走入中国历史的伟大诗人，在闽南山间看来也没有水土不服，在安享了 400 年的香火供奉后，脸色依然红润如初。

在宋明理学大行其道的年代，一个理学大师的深谋远虑，完成了对九峰 400 年的精神守护，也成就了九峰的不凡根基。当血液中躁动着开拓者基因的客家人、广东人、闽南人在这里融合交汇，强大的社会张力，却悄悄地化解在一片温柔敦厚之中。

九峰鼎盛时，商旅往来，聚散着闽西南和粤西北的物流，九峰茶叶作为大宗商品漂洋过海，造就了一大批出色的九峰商人。400 多年来，九峰的西风古道，也不知送走了多少商旅，迎回了多少衣锦还乡的游子，当往事成为追忆，只有那一处处明清的家庙、宗祠，仿佛还在讲述着一个个外来家族开基创业的艰辛与喜悦。

在一些特定的日子里，人们也许还会聚集到各自的宗祠里，随着一片缭绕香烟，客家话、潮汕话和闽南话被交替使用着；入了夜，照例是有“社戏”上演的，那些在舞台上进进出出服色光鲜的角儿，有时是芗剧的、有时是潮剧的、有时是四平剧的、有时是汉剧的……乘舞台上咿咿呀呀的空儿，如果再续上一壶醇醇的白芽奇兰，让那一股淡香，连同丝丝温暖的水气，透过胸肺，这个时候，即使是异乡客，也算是做了一回九峰人了。

云起故垒

很快地，我们隐隐听到了大海的涛声，嗅到了大海咸咸的湿气，捕捉到了来自海洋深处的某些不安的气息。于是，我们面对扼守海疆的城池，思绪苍茫。

1387年，江夏侯周德兴奉明太祖之命，“经略海上防倭戍守”，在漳州沿海由北而南，等距离修建了镇海、六鳌、悬钟、铜山四座军事要塞，布成了漳州滨海第一道防线。

镇海卫城被建在太武山的突出部，雄视大海，黑色的玄武岩和花岗岩汇集成一股凛凛杀气，曾令无数泛海而来的贼寇闻风丧胆。穿过瓮城的内城门，沿着石阶向山顶攀爬，迎面伫立着一座石牌坊，想必是经历过血与火洗礼的遗存，骨架嶙峋，碑文漫灭，也不知记载的是哪一桩往事。两旁的民居鳞次栉比，穿行其间的是挑担的农夫和嬉闹的孩童。成年累月的农耕渔牧生活，使这些守城卫士的后代，对叱咤风云的先祖的记忆，已经十分淡漠了。

这是一座曾经容纳数千军士的城，壮硕、阳刚、傲岸，被岁月风霜雕刻成一幅沉默寡言的形象。那满城罗列有序的老井，仿佛是一群军容严整的士兵，虽然风沙磨去了当日的模样，却仍然坚守在岁月的长河里枕戈待旦。只是鼓角争鸣的日子已经远了，羌笛一声怨杨柳大约也是听不到了，唯有那些在井边巷旁汲水浣衣的妇女，使这城有了一些平日里的恬淡。

六鳌城位于漳浦县六鳌半岛，状如“巨鳌载舟”，抗倭名将俞大猷驻足过的地方，蓝天碧海，兵戈之气隐隐。如今空城一片，日色仓皇。当初屯兵的窝铺依在，耳边似乎还响着战马的嘶鸣，伙房里仿佛还升腾着温暖的炊烟，行人弓箭，吹角连营，然而，一切突然间成了幻象，只剩下没膝的衰草，摇曳在一片咸涩的风中，道不尽的荒凉。而老榕，便成了城的生命迹象，华盖如云，托起的是湛蓝的天空；虬须盘结，深植于大地的是岁月。当暮归的羊群和一脸落寞的牧羊人穿城而过，身后落下一片萧萧风寒。那城中旧厝，也曾承载过许多的欢乐与心酸，而今却人去楼空，朽木瑟瑟。也许只有等到春暖花开的时候，一些念旧的人才会回到昔日的家园，拂拂尘埃，擦擦门楣，贴一副鲜红的春联，一袖春风，挽住了对老屋舍不去的丝丝情愫。

悬钟古城悬挂在诏安宫口半岛南端，凭险扼守诏安湾入海口，在与倭寇对峙中，屡次陷落被废又屡次重修，腥风血雨侵染过的顽石，倔强傲岸，坚毅率性，最后拆去做了县城东溪堤坝，忠诚地守护一方民生，不改当年的信念。只是那城，沐浴着劲峭的海风，如壮士卸甲，一片萧然。

江夏侯周德兴亲临督建的铜山古城，经过了600年的风霜血雨，大半作了尘埃，一段残墙，滨临大海，或许还能勾起零星往事，当初城中数十门大炮震天怒吼、864片堞墙箭如乱篷的情形，一定让那位不甘寂寞的侯爷一次次感受到气血沸腾的滋味吧。铜山建城后第三年，铜山水寨的帅旗在城西南竖了起来，这是一个有能力承载英雄遥看大海的去处，戚继光和郑成功的雄心曾让这里将星云集，剑气干云。另一位名字不太响亮的福建水师提督施政德，在万历三十年（1602年）也由这里渡海征剿澎湖倭寇而后凯旋。在冷兵器时代，几支中国最早的海上舰队在这里养精蓄锐，耀武扬威，角逐前方那一片海域的控制权。此后，天朝大国的命运与世界有了许多关联。

在流逝的岁月里，这些战功赫赫的城守护着传统的农耕生活，以严厉的面孔随时准备把外侮拒之门外。只是作为当时一种主流思想，对祖先的土地的信仰如此根深蒂固，以至当人们面向浩瀚的大海时，选择的通常是城，而不是船。然而世界变迁，运势起伏，大海已成为一种不自觉的选择，并由此演绎出一种曾令许多日后的中国人无法回避的痛。

你看那从前的港

漳州东厢浦头港，一个充满窄街、温暖的日光、梦想、汗气和活力的地方。

一片宽阔的水城，四座敦实的码头，连绵不断的窄街和一串诸如米市、布市、柑仔市、盐鱼市、粉街、枕头街、棉仔街、蛏仔街这样散发着市井气息的地名。一个多世纪以前，这里趋九龙江水运之便，集散四方物流，万商云集，千舸竞渡，吞吐潮汐，巍然屹峙，为一方巨镇。

沿着浦头市长长的窄街走下去，脚下是灰黑的路面，两侧是暗褐的店铺，头上顶着一片淡蓝的天空，空气中散发着沉积了数个世纪的潮气、鹅黄的墙脚使你以为那是许多年前潮汐的遗留，三月的雨，绵绵地下着，行人渐稀，浦头市又恢复了往日的模样。然而喧哗已经远去，炫目的色泽在风中化解成挥之不去的忧郁的气质，那从前的港如今不过是一泓潭水，连绵不断的民宅，几树老树昏鸦，若不是码头遗存着一块嘉庆年间碑记，说“鹭岛贾舶咸萃于斯，四方百货之年出也”。你如何能够想象，宋末名臣陆秀夫的后裔在这里繁衍生息，平台名将蓝理曾在这里失意流连，郑成功的部属曾在这里千舰云集，四方财富曾在这里散发着诱人的光泽。

浦头港繁荣时，水路上溯省城，下通厦门，转口贸易做到广东、台湾、上海及南洋诸国。据说昔日有一省城女子远嫁漳州浦头，从南台下船一路轻风直达周爷楼，脚不点地便进了婆家，这一路轻风，携带了多少新嫁娘的梦啊。至于那些揣着淘金希冀背井离乡去做“番客”的，坐上三帆船舟行数个小时，到厦门再转乘大海轮，眼前便是碧波万顷了。如今客居海外的数十万漳籍人，有多少人的父祖辈是这样出去的，我不知道。那年月，大约也有一些向往东方财富的欧洲商人为这里的繁华所吸引，大老远地跑过来，这些人似乎不是喜欢炫耀武力的家伙，在当地人看来也不算太惹人讨厌，想必挣了些钱也有些体面，他们走了，他们的形象却被刻在石牌坊上。如今石牌坊上的他们留着山羊胡子，穿着那个年代时尚的衣服，如同莎士比亚戏剧里走出来的威尼斯商人。谁晓得初来乍到时，有没有把 300 年前的浦头人吓了一跳。

浦头港深水阔，却是人工运河，从浦头市文英楼起，开挖一条港道，直通碧湖村，再纳入九龙江西溪，长约 6 华里，来自台湾、金门、厦门的商船往来其间，每日数百艘不等，源源不断地把水产、粮食、木材、锡箔、烟草、食盐、洋参、洋油、洋火吞进吐出。若干年前，当东门街的参行集结成市的时候，一箱一箱的洋参从美国货轮上卸下，换上当地的三帆船，接着被抬上浦头的码头石阶，然后肩挑手提，穿过并肩的人流，一路直达东门街。当年，天一贻记参行的少东家，便是这样小心翼翼地招呼着伙计把这些东西抬进那座被唤作“番仔楼”的铺子，然后规规矩矩地穿过厅堂走过长长的过道去向老东家报告平安归来的消息。一些年后，当财富散去时，这些颜色暗褐，做工细腻的木箱，一个一个沉闷地堆在我家的杂物间里，里面放的却是祖母的一些故衣。而我的祖父，那个曾经风华正茂的少东家，早已沉睡在逝去的岁月里，几张黄褐色的旧相片，把 70 年前东门街上急急的人流模糊的脸，统统留在他的身后。

浦头港涨潮的时候，一些吃水浅的商船可以轻悠悠地从浦头市的石桥头向教子桥、七星墩驶去，沿着城里蜿蜒的水巷，一直摇到市中心渔头庙。曙光初露，屋瓦上还闪着白霜，家犬在岸上奔跑，船在城中游行，两岸是寻常人家的炊烟，岸边石阶立着些许浣洗杂物的妇人，天边偶尔响过一两段清亮锦歌，岸边的店铺咿咿呀呀起来，随着懒懒的木屐声，间或闪出睡眼惺忪的伙计，大抵到了这个时候，无论商家，还是船家，心里揣度着银两分量，表情舒舒服服，心头爽爽贴贴的。

阳光照在浦头港上，浦头港有序地繁华着，商船鼓足了风帆进进出出，脚夫们急急地奔走，商人们轻轻地拨打着算盘，银两被小心地算计着，某些规矩被谨慎地遵守着，商船靠岸时，船主会按公议在帝君庙前布施四十文香火钱，大批运棉船来时，商家会请求县衙出面公示禁止船霸强载。这些敏捷而谨慎的商人穿行在浦头港川流不息的人群中，摩肩接踵、肩挑手提，却能够闪避自如，大约是这种近乎天然的商人本性，成就了浦头港作为香港、台湾、上海、南洋货物中转站地位。

浦头港一天到晚是忙碌的。盐鱼市的高升客栈和攀记客栈，总是挤着操各种口音的商人，空气中弥漫着浓重的汗气和鱼腥气，货栈里陈放着来自台湾的金线鱼、金门的青鳞鱼、厦门的带鱼、马鲛、同安的蚶仔、杏林的牡蛎、海澄的江鱼、石码的炊鱼……干品鲜货，源源不断地运进运出。凌晨二时许，随着码头石阶上一阵凌乱的脚步声，咸鱼市已经灯火通明，商家用他们延续多年的行业暗语交易，司秤高声吟唱，司账曼声应答，紧在一边的伙计早已手脚麻利地将货抬进搬出，货主不动声色间已把品种、数量、重量过了一遍……天将晓，随着商船起锚的号子，周爷庙前那一片遮天榕树上响起白鹭的喧闹。武馆的后生们开始了一天的晨练，教馆的多是外地师傅，而徒弟则是浦头后生，那当儿，曙光初露，江风轻拂，呼喝声处，一群汉子腾挪躲闪，招式之间，提足了精神。行走江湖的日子，强健的体魄，到底是指引命运的航船，寻常的辰光，壮硕的肩膀，也是妻儿的依靠啊。接着，文昌宫霞东书院的学子们琅琅书声开始穿过文昌宫的墙头，商人们在墙外算计着财富，学子们在墙内梦想着前程，芦草在墙头摇曳，鸟在天空中飞翔，时光随着浦头港的水急急地奔走着，多少黑发人挨成了白发，多少关于财富与光荣的梦想在风中飘零，又有多少的欲望与激情在暖暖的日光里膨胀，文昌宫的墙头草知道。夜幕降临，华灯初上，谁家的宅门里，隐隐传出了笙箫的声音，如夜泊的航船的灯火，那是南词了。这南词流行于官府缙绅的内宅，格调优雅，以后又传唱市井，渐显明快，透着居家的富足与闲适。商场应酬，要的是大曲，比如活抓三郎、紫燕盗令、花魁醉酒、徐千过关，道尽了人生百味。一天生计下来，自有夫妻对酌时，那送情郎、白牡丹、红绣鞋、四季相思、进兰房，端的是情意绵绵，一唱三叹。想当年，道台李毓森在自己公署里一曲《水操》弹罢，四座叹服，便是人世沧桑，命途多舛，也就化作盈盈一江春水东去也。

端午是浦头港的盛事，五月的潮湿的天气使安坐在店铺的商人们滋生了许多躁动，商人们放下手中的账本，松了心思，插了菖蒲，喝了雄黄，暖风一吹，血流开始在体内蹿动，那边龙舟的鼓点已经响了起来。这是个万人空巷看龙舟的日子，各个街区派出自己最出色的选手，不同的服色代表着街头区的荣誉，鼓声响起，龙舟竞发，铜锣助威，呼喝壮气，最卖力的是那些平日闷在店铺里的伙计，一朝扬眉吐气，再不管他锱铢必较，且去欢愉，那些平日里不显山露水的富商大贾，早早地携了家小，约了亲朋，携了酒浆，雇上条花船，泊在港道，松松神经，谨慎地阔气一下，未尝不是件乐事。这龙舟夺标往往持续十余日，等到激情燃尽，舟们便被束之高阁，彩衣压进箱底等待来年，商人们安静地坐回柜台，伙计们轻手轻脚进进出出，生活又恢复了原先的模样。

浦头港周身散发着特立独行的气质，它宴乐着、躁动着、算计着、喧哗着，在拥挤着的荣誉和财富堆里冷静着，沉痛着……演绎着许许多多鲜活的却注定要被遗忘的故事。

浦头港的中心是浦头市，浦头市里有文英楼，文英楼前是码头，码头不远是港脚，港脚村里住的是南宋名臣陆秀夫的后人，陆秀夫的后人据说是宋室厓山败亡后随幸存的王公大臣流落漳州的。崇祯六年（1633 年）的一个夜晚，港脚的一个叫陆希韶的读书人从浦头港登船赴考，一举高中闽省解元，这是一件光宗耀祖的事，族人在祖祠前树旗挂匾，他们生活的地方也改叫了解元洲。陆希韶做了几任地方官，明亡之后，便归隐浦头。一介文士，自然没有足够的资历去做一些史可法或者黄道周所能做的事情，像他的先祖陆秀夫背负末帝蹈海殉国也是可遇不可求的，于是他回到浦头港，毁旗砸匾，告诫子弟，凡有仕清者即为不肖。

于是，港脚的陆氏家族，自此有了一条世代相守的铁律。

面对这个名不见经传的大明遗臣，300 年的岁月沧桑，实在没有什么遗存足以让我对他的传奇人生和人格魅力激发出多一些的想象，唯一能够让我把握得住的，只是那种愤激的表情。

陆希韶砸匾毁旗那当儿，江左学界领袖吴梅村已经步履珊珊去做了新朝的官，不肯仕清的冒辟疆心事重重地看着他的儿子参加了正在举行的科举，声誉一向不太明朗的孔尚任除了写他的《桃花扇》，正奉着大清皇帝的圣旨做这做那，而陆希韶却选择了一种直截了当的抗拒方式，此后 300 年，陆家子弟再无一人仕清，能够将一个人的意志演绎成子孙贯彻自觉的，大约只能理解为一种家族世代相承的荣誉感吧。

其实没有人会计较陆希韶究竟应该做些什么，他的抗拒自然也没能从客观上改变一种现实存在，新朝够忙的，浦头港也够忙的，朝廷大约没有时间去理会这位前朝遗民的愤懑，而天下不管是哪个皇帝的天下，浦头港的营生却总在继续。浦头港的客栈里依然拥挤着南来北往的客，武馆的晨课依然在呼喝中进行，霞东书院的学子还读着圣贤书，端午节的龙舟赛也不曾间断过……实际上。前朝也没能给陆希韶一个什么太像样的荣誉，他的名望从来也不曾达到像吴梅村、冒辟疆、孔尚任那般文人领袖的高度，他的姓名始终也没能够和那个时代的一些重大事件联系在一起，陆希韶顺着自己文化人格的惯性安排自己的生活，并且把这种惯性演变成一个家族的意识形态上的自觉。这种韧性现在审视起来真令人满目沧桑，欲说还休。

崇祯六年（1633年）的那个夜晚，当木帆船载着满满的希冀驶向省城时，陆希韶大约不曾料到，归程是如此的漫长而又沉痛。我无法理解，陆希韶砸匾毁旗以后的心情，当故国渐杳、旧识依稀，打发漫漫长夜的，也许只有在浦头港上空流荡的南词了。

走在浦头市暗淡的长街里，眼前是忙忙碌碌做着营生的人，300年来，陆希韶的后人就生活在这些人中间，当初他们是如何放下手中的书本，心甘情愿地做起这卖米、贩鱼、农耕生计的，在这暗淡的铺面后面，先祖的意志又是如何被人们世代相守的，我不知道。陆希韶的后人这种面对命运安排的坦然，是否源于浦头港的活力，已经为他们提供了一种容易接受的生存方式并且最终有效地保存一个家族传统的骄傲。

浦头市上常有一些沿街叫卖的小贩，通常是附近的农民，他们头戴大笠，踩着三轮车，从很远的批发市场赶来，车上载着拾掇得很干净的水果蔬菜，远远看着人来，便悠着声音喊："白菜豆芽，很新鲜的哟"。我不知道，陆秀夫的后人，有没有人做着这沿街叫卖的营生，如他们的祖先斯文地拖长声音咏颂子曰诗云那样。

在陆希韶山毁旗砸匾后不久，一个叫蓝理的少年却丢下手中的营生，投奔到康亲王杰书的麾下。当初这个年轻人浪迹浦头港时，与他的那些弟兄栖身在浦头帝君庙里，过着"五个人三条裤裆"的窘迫日子，时运不济时自然也做做糊弄钱财的勾当，咸鱼市低矮的屋檐下面，大约有过他四顾茫然的日子，米行布店的门前，大约也曾领教过鄙夷的目光吧。关于他发迹前的传说很多，总归是有些不恭、有些宽容、有些欣赏，却没有明显的褒贬意味，态度如对自家院里捣蛋着的后生。我不知道是不是一个商港的天性影响着人们的是非观念。谁曾料到，这么个也许是龙舟赛上挽桨的好手，或者米行布街间霸气地行走的后生，说不定身上还带着咸鱼市浓浓的鱼腥气，却在日后的平台一役中一举成名。

回想300年前，离浦头港并不算太远的澎湖海面，一群厮杀多年的对手作着最后的决斗，数百艘艨艟巨舰在连天的炮火中穿行，无数濒死的生命在苦涩的海水中浮沉，而一个叫蓝理的腹部洞穿的汉子在横飞的血肉中的疾呼，终于使被冲散的舰队重新集结，寥落的舰炮重新发出震天的怒吼，数天后，炮火终于停息了，总共万余生灵沉入海底，而最后的生存者，无论是胜利的失败的，终于又一起去做了新朝的将军和爵爷，在以后长长的日子里，他们的恩恩怨怨，大约不会泯于相逢一笑中吧。如今过往澎湖的船只，有时还会听到海面阴风怒号，据说，那是战死者幽魂的悲鸣。

这一役，清军先锋蓝理先救主将施琅座舰于困境，又以重伤之躯挽大清水师于颓势，清兵连克澎湖36岛，全歼郑军主力，自此威名远播。胜利消息传来时，康熙刚刚在南京明孝陵前行完三跪九拜礼，大喜之下，先是御前如见，亲视伤口，意犹未尽，又在漳州城敕建一座石牌坊，亲笔御书“勇壮简易”高镌其上。

蓝理的石牌如今还在岳口英姿勃勃地屹立着，远远望去，凛凛然一股夺人的气势，那气势常常让人想起300年前澍湖海面的那场战斗。

一个很耐人寻味的历史阶段，武力的征服和文化的臣服两个浩大的工程在同一个游牧民族皇帝的操持下毫无悖逆地进行着，在这种背景下，不同抱负的两个人擦肩而过，命运的轨迹就这样划定了，300年后，仍然被人们传说着的，不仅是人物是非功过，还有他们岩石般坚硬的人格魅力。

陆希韶以文化人格的惯性异常自觉地抗拒着这场武力的征服。

足以让康熙大帝弯下膝盖行三跪九拜大礼的，大约是这种坚挺的气质吧，而蓝理血液中荡宕的建功立业的激情，又是如此自然而然地融入征服者冲天剑气中，最终以明郑的覆灭，为大明遗臣的傲气，拖曳出一串长长的叹息。在改朝换代激流中的这两个人来自不同的社会阶层，有截然不同的人格取向，然而他们对各自效忠的王朝的态度是演绎得如此淋漓尽致，毅然决然，有时我想，他们的价值取向乃至行为准则，是否反映了浦头港的某些共有的品质。浦头港出产的，本应是使舵的好手和经商的行家，不料风云突变，腥风乍起，竟使文士的悲歌和武夫的剑气在这里留下最深刻的印痕。

也许只有浦头港，一个万商云集，艳阳高照的商港，才会有如此深厚的底蕴，可以把文士的内敛沉静操守如一和猛将的叱咤风云热血愤张演绎得如此淋漓尽致吧。

浦头港的繁荣持续到20世纪30年代，如今作为城市的腹地，它仍发挥着防洪排涝的作用。九龙江的水在港道里悠悠流淌着，昔日那种千帆云集的情形，却只有留给志书和碑文去描述了。

蓝理的牌坊在浦头立了三百年，解元洲的传说在浦头也流传了三百年，三百年后，人们路过石牌坊，仍可以听白发的老者讲讲浦头港，讲完了蓝理讲陆希韶，也许还讲讲陆秀夫，有时候也会有一些台湾的旅行团在石牌坊下驻足，听一听故事，拍几张相片，至于石牌坊上那个留着山羊胡子的三百年前的欧洲人，挤在一群着明朝服饰的中国人中，瞪着康熙大帝的御书，身侧是陈炯明据漳时的老街，前方的大道上跑着丰田、别克，风雨使他的面目有些模糊了。

白云深处

去白云岩，须离城南行十余里，涉江，穿过数处竹叶扶疏村落，眼前豁然一山，万古青翠，气象开阔，古人因这山冬春晨昏，云气氤氲，取其形命其名。

白云岩奇石峥嵘，古木葱翠，泉流湍湍，松鸟和鸣，有唐诗的韵味。据说，唐代虔诚禅师在山中修行时，曾叩问樵夫："山上泉水何处有？"樵夫曼声应答："有泉是无泉，无泉却有泉，心诚则灵"。禅师顿悟，用锡杖往石上一插，果然有泉流涌出，经久不枯，遂有"锡杖流泉"胜景。现在我们看到的"何有石"，便是当日禅师的遗物。

在虔诚禅师离开后400年，山下的漳州城来了一个叫朱熹的知州。朱子学问炉火纯青，名满天下，正好施展一番抱负。一到府治，便有仿照白鹿、岳麓书院的规制再办一所书院的意思。既然在自己的辖区，自然无须在规划、审批上大费周折，知州的办事效率自是不同凡响，想当日朱子环顾四周，食指轻点，白云岩撞上了千年一遇的美事。

随后，漳州城出了件奇事。那天一大早，四城门便贴出告示，说知州大人将于某月某日某时在白云岩"使飞瓦"，欢迎百姓人等观赏云云，煞有介事地要求观赏者必人手一砖一瓦上山。据说表演那日，人山人海，砖瓦堆得小山一样高，此时知州大人才自曝玄机，原来知州大人要兴建紫阳书院，弘扬儒业，只苦于山高路远，经费不足，方邀来百姓相助。

其实朱知州大可不必如此用心良苦，他只要动用一下府库的银子，或者在晋绅身上动点脑筋，这事就成了。朱知州的可爱之处在于对幽默感的滥用，他只是轻轻调动了一下自己的智慧，和漳州百姓开了一个不大不小的玩笑，让许多仰慕他的人，走了很长的一段路，还要携上砖瓦，从而满足了他作为文人的一点嗜好。只是不知道百姓们在大呼上当之后，是否还会会心一笑。据说扫了兴的人们是踩着地瓜田回城的。那年邻近几个村落的地瓜也就欠了收。这类损失，自然是算在了几个倒了霉的村民身上，不久以后，白去深处，书声琅琅，这是多么令人开心的一件事啊。

朱熹来往于府城与白去岩的这一年里，生活应该是比较惬意的。书院离城不过十余里，山高地旷，面向大江，气势不凡。政务之余，可携童子数人，轻车简从，上得山来，卓锡流泉，何有石畔，讲经、作注，听松关鸟语，看晚浦归舟，夜深人寂，棠荫漏月，将一方饱含了黑汁的砚石，轻轻洗去。白云深处，千年一叹，想必十分空灵悠远。如今白云岩的“紫阳夫子”解经处，古木之中，尚有两支石柱，刻有朱熹手书“地位清高，日月每从肩上过；门庭开豁，江山常在掌中看”，大约便是当日的山中心得。《漳州府志》记录这事倒也简洁，只说“朱子尝往白云山讲《诚意篇》”。其实朱熹一生用心最深的《四书集注》，就是在知漳州期间完成的。白云山的缭绕之气，想必做了朱熹理学的最佳脚注。

只道山中岁月悠悠，精神与物质却不可相去甚远。一方太尊，既不鱼肉百姓，抽取民脂民膏，却能活得有滋有味，倒受益于对农事的勤勉，朱熹和弟子们每每于学余在山上劳动，遍植龙眼、荔枝、柑橘、桃树及菜园，天长日久，竟成“意果园”一处。如此亲近农事，自然与细民体贴。所以，尽管田里的地瓜因府君的玩笑而遭了殃，但村民与朱子还是相处得挺不错的。怕他在山中待久了，难免口乏，有时会捞上一些溪涧里的小虾和石螺，打打夫子牙祭。民间传说，那些熟透的小虾和断尾的石螺，拜朱子善心所赐，返回涧中，竟一一复活。如此繁衍生息一千年，如今在白云岩的红壳虾和断尾螺，便是它们的孑遗。遥想朱子当年，在这白云深处，注解经书之后，啜一小口田螺，尝尝美味溪虾，再放眼山中日色，心气想必十分高旷。千百年后，那圣经章名，是否还能散发出油爆虾螺的清香？士子必读之书，是否散发着烟火的颜色？而这些山中微贱物种，只因作了千年一遇的伟人的腹中美食，也身份不凡，子孙昌盛，令漳人必欲取之食之而后快。天地之间，深刻与粗浅，不凡与微贱，如此形影不离，这种遇合，倒也不出人意料。

其实朱熹也不是兀自待在白云岩里做他的学问的，对知州这项工作干起来相当卖力。教育是老本行，一刻也不能荒废。府志说他“笃意学校，力倡儒学”，一点也没有掺假。在学校管理上，朱子对自己严谨得有点苛刻，比如他规定，每旬的第二天要带学官下州学，第六天要下县学，了解教学进度。自己每五天就要给学生开一堂课，说不定中间还要对各级师生来一次突击检查。知州的这种做派，最初想必很让一些人屁滚尿流一阵子，很快的学校也就上下尽心，学风踏实起来。这一头上轨后，朱知州又回过头来建了个叫“受成斋”的机构，把习武的后生也拿过来认真调教。怕自己人手不够，又请了八位耆儒做帮手，甚至还打算腾出府衙，仿照京城太学的规制，建“东诸斋”，简直恨不能一蹴而就。那当儿朱熹想必十分意气风发，手下文武人才济济一堂，朝夕之间，大堂之上，没准都会生出几分“左牵黄，右擎苍，锦帽貂裘，千骑卷平岗”的味道来。

接着朱熹又联系朝臣上书皇帝，为一个叫高登的龙溪籍读书人平了反，这人因为敢于揭露秦桧、蔡京、童贯之流而被徙死。虽说是一个迟到的关爱，但这义举给漳郡的读书人出了口气；有时，他还抽空儿悄悄跑到北溪边去看望他的学生陈淳（这也是个因学识进了宋史的人物，却是个布衣），弄得这个学生因拿不出好东西招待老师而不安，朱熹只好反过来安慰这个学生。安慰的话还是用诗写的，很委婉，里头说“莫道麦饭与姜鱼，姜补丹田麦补脾，饭后试登墙上看，民间还有未炊时”，很照顾读书人的面子。总之漳郡的读书人算是找到了知音。

一位大师，受读书人拥戴原也不是难事，问题是，百姓看来也喜欢他。来了几天，就奏除属县无名之赋七百万，减轻总经制钱四百万，奏罢“科茶钱”，废除食盐官卖，又打算“行经界”，核实田亩，把豪强兼并土地的恶行也给抑制住，这手笔就大了，弄得一郡欢欣鼓舞。我小时候常常听邻居阿婆念叨朱文公如何如何，如述家常，尽管老的少的都不明白所以，但知道这朱文公是好官，漳州建郡一千多年，官员来的倒不少，但让百姓嘴里念叨的却没几个。

让朱熹不以为然的是，漳人好讼，崇佛成风，讼师与官吏结交，寺庙大肆敛财，细民迷于嬉玩。他认为这是“俗未知礼”造成的，又一连串颁发了《谕俗文》、《晓谕居丧持服教》、《晓谕词讼教》、《朱子家礼》十几道告示，对民风习俗一一作了规范，为此还身体力行，任内连判243道词讼，几乎每天一道。这期间他还要教书、讲注，有时还烹紫阳茶待客，不知他是怎么做到的。看起来老人家是什么样都想管，而且管得具体，管得到位，管得令大多数人心服口服。

朱子一生为官前后统共不过8年，其余都在学问中度过的，难得有一次机会执掌府印，全心投入，一展抱负，应是情理中的事情。如果将朱子治漳300日列一个日程表，用现代的观点来看，即使弄一大班幕僚，再借助互联网，大约也是要疲于奔命的。

即使如此，朱熹还有时间关照一下漳州妇女的精神生活。男女授受不亲是要贯彻落实的，他的创意是让家家户户门口挂一竹屏，合上是门，启开是帘，此后妇女的面目便隐匿在朦胧之中。一廉竹屏，未必能锁得住荡漾的春心，但这竹屏兼具通风、采光与隐蔽功能、美观实用，颇能适应闽南地区阴热潮湿的天气。朱熹对漳州文化的影响说来话长，倒是那道竹屏，却实实在在造化了漳州百姓。

也就做罢了这些事，朱熹才回到白云深处，啜无尾螺，食油爆虾，心游八极，目视洪荒，取天地灵气，细加研摩，注他的《论语》、《孟子》。

朱子知漳不过300来天，对一个年已花甲的老人来说，他的那些规划似乎太过于宏大了，漳人好讼、崇佛之风倒是抑制了一些，“行经界”是做不下去的，吏治整肃大约不是一朝一夕的事情，农村“减负”也不是那么心随所愿。但是，在那段时间里，“官曹励志节而不敢纵欲，宦族循法度而不敢干私，胥徒易虑而不敢行奸，豪猾敛踪而不敢猖狂”。府志上就是这么说的，听起来不像溢美之词，因为他的确有撒手锏，府太爷的权力，和那一道道礼谕，两手都硬，这在边郡之地，很容易产生不同凡响的效果。

朱子想必做得太辛苦了，连朝廷都不忍以俗事相烦，没让他干满一年，就让他到别处去了，走的时候，漳郡父老在芝山之阳，建朱子祠，情形十分感人。至于那些教化，漳人“遵若金科玉律，遗教越数百载”。他发明的那个竹屏，漳人披挂了一千年，连一些民间传说，也恨不能以与他挂上关系而后快，莫道民风质朴，300天的父母官，这已经足够了。

朱子治漳这300天时间，对中国的文化史来说，却是一个重要的时段，从白云深处奉献出来的《四书集注》，成了元、明、清三代铁定的科举权威教材，牵引无数士子的心灵，决定了这些人日后的命运。

对于漳州来说，它获得了一次晋升为“礼仪之邦”、“海滨邹鲁”等级的机会。此后这一带文风颇盛，影响深远。

对白云岩来说，这千年一遇的机会，使它以一座无名小山，与一位伟人相知相随。

而对于后人来说，史料所记载的那位理学大师，由此多了几分睿智、几分纯真、几分狡黠，这种感觉，会不会对领会理解经书要义，产生别的联想？

第二年朱熹就走了，紫阳书院也没有像岳麓书院那样闻名遐迩，经久不衰，但是，白云深处，那一脉书香，伴随着深厚的精神理念，在千年的时空里流荡。

遗址总会消失，故事可能失传，有一种智慧，却是不可以泯灭的，就像“锡杖流泉”，一掘之下，自此长流不绝。

遥想溪西·失落的战场

那一天下着雨，渡船上只有我一个人，摆渡的是一个60来岁的老头，羞涩而笨拙地笑着。不笑的时候，就安静地吸着纸烟，烟火在寒冷的江风中明明灭灭的，空气中有一丝淡淡的香味。正是春寒时节，江水碧绿，映着两岸竹叶青青。机动船在他的操纵下慢吞吞地走，江水在船的两侧划出缎子般清亮的波痕，几条渔船在近处晃晃悠悠，不远处的浅滩上有一大排捕鱼虾的围栏，几只水鸟便在栏边觅食。

我是按一个叫杨惠民的老人的指点去寻找一个古战场遗址的。这个遗址的大致地点据说是在九龙江北溪支流浦南镇的溪西古渡一带。

浦南镇20世纪之前一直是闽南地区的水陆交通要道，一千年前开始屯兵，一百年前这里是漳州一个重要商埠。20世纪90年代初，最后一班开往厦门的小轮船驶离古码头后，才寂寥下来。到21世纪，汛期一过，沙船便只能顺着浅浅窄窄的航道走了。沿这条支流东去，沿途一个一个小码头安静地伏在水里，来往行走的，多是当地卖猪贩蕉的农夫。至于传说中的溪西古渡，至今也不过七八丛芦苇、三五顶船篷、一两块残碑。过往的文人墨客说，这一带最牵人魂魄的就是古渡夕阳，野水唱晚。日落时分，风轻人寂，水碧竹青，鸥鹭雪白，天际一抹血色妖娆，人在其间，几可入定。

300多年前，年轻的康熙皇帝决心进兵台湾。北溪一觉春眠后已感觉到烽火的气息。康熙十四年(1675 年), 借三藩起事, 刘国轩率部入闽, 纵横于漳、泉、潮、惠、汀诸府。五月，清廷起用姚启圣、吴兴祚为督抚，与之对峙。康熙十七年（1677 年）, 刘国轩连克同安、南安、永春、德化、安溪、惠安、海澄、长泰诸邑。清军副都统穆赫林，提督段应举、海澄公黄芳世相继败亡。谍报到时，诸将失色。姚启圣微微一笑，说:“贼计拙矣”。其时，刘部兵不过三四万，既得诸邑，分兵把守，已成弩末。于是姚启圣放心地提兵击刘，复又降清的镇南王耿精忠率部接应。刘国轩倾其主力，在北溪严阵以待，一时间时局开合，风云际会，兵戈之气，靡集北溪。

这是北溪历史上最惨烈的一场战斗，刘国轩率林升、林立等 17 镇扎营溪西，令吴淑率俞祐、江胜等 12 镇屯浦南，并列舰溪西湾、流木崎（华安县丰山镇境内）, 成掎角之势，与清兵对峙。九月二十日早晨，姚启圣自率两万精兵据前、耿精忠及满洲将领赖塔左右策应，开始发动攻击。刘部锋芒甚健，而清兵以兵力装备见长，自辰至未（上午 7 时至下午 3 时）, 战局几度逆转，漫江烟火，矢如雨下。关键时刻，耿精忠仗剑连杀数名逃兵，稳住阵脚。清兵以火器突击，骑兵夹攻，刘国轩不支而溃，残部退至云英渡（今浦南东坑一带）, 舟楫尽毁，无法渡江，复骑马奔回石码，万军归来，存者寥寥。是役，清兵计破刘部 16 座营寨，击沉战舰若干，斩首数千人，俘虏千余，刘部溺毙近万人，一时死伤枕藉、溪水血色、尸首堵流。郑氏政权自此元气大伤，持守势一直到郑克塽兵败投降。据《龙溪县志》记载:“平海之功实基于此”。

关于这次战斗，老艄公说，在他童年的时候，曾听他的祖父讲过两个“郑国姓兵败溪西”的故事:

其一，交战前夕，浓雾四起，清兵借此偷袭郑营，刘部在猝不及防的情况下失了先机;

其二，战斗正酣时，江面突起“九间（股）风”，风向不利郑军，清兵乘机施放火器，刘部大溃。

两个十分凑巧的气候变化，当时被认为是关帝显灵，官方似乎也认同了这个说法。战后，康熙帝御书“纶恩”赐溪西关帝庙。现此庙已废，石匾存于鳌浦关帝庙内，这块石匾长 2.5 米，宽 0.38 米，中刻楷书“纶恩”二字，及“康熙御笔之宝”篆字，应为碑坊之石。

手抚这块碑石，我想，人类社会似乎一直延续着这么一个规律：胜利者从容书写历史，再也没有什么可以打扰他的心情了；失败者把故事留给了民间传说，因为一旦错失了胜机，从此失去了登堂入室的机会。而神的意志，便成了永恒的荣耀，留在石头，昭示后人。这样，所有事物的存在都有了一个合理的结果。事实上，一次前途未卜的战斗，将帅的决心，常常改变了胜负结局。随着险象环生的战争情节的展开，也许，就是将帅的一念之间，数万生灵已作落花，无数完整家庭随即在温红的血色中随风飘零。当耿精忠这个历史的反面人物仗剑怒喝力挽颓势的瞬间，闽粤一带的战争格局得到了改写。

战斗结束后，姚启圣做了一个宽容的姿态，该安抚的安抚，该立碑的立碑，该表彰的表彰，然后急急去和那个老冤家施琅筹划下一个胜利。那时距台湾郑氏政权归降还有不到 5 年时间。而死者的灵魂在溪洲也安顿了下来。北溪没有太多的土地容身，姑且挤一挤吧，不管你是漳泉子弟，还是台澎儿郎，挤了，便没了寒夜苦雨，实在太拥挤了，就去水面透透气，太阳出来了，可以去沙洲上晾晾身子骨，战火也好，兵戈也好，且随它去吧。

过了些年，北溪水冲走了溪洲，毁了关帝庙，也毁了坟茔，故事湮没了。再过若干年，当地村民找到了几块石头，拼起来是个半圆形墓碑，刻着“大明建大众墓”，想必是收埋死者的坟茔了。再后，村民抬了没被冲走的石匾，把它镶在鳌浦关帝庙的墙上，继续昭示神的荣耀。站在风雨中的关帝庙前，石的颜色，渐渐和墙的颜色淡化了，年代淡远了，石头的故事也淡远了，里人浣衣牵牛，往来石前，石的神情淡然，人的神情淡然。

解读这段历史的时候，我常想，如果刘国轩不从战略上考虑去挤占耿精忠的地盘，耿精忠仍经营他的漳、泉、汀诸府，也许他便不急于在冒险叛清后又冒险降清，刘、耿便不至于在小小溪西兵戎相见；而如果刘国轩不去据有他所熟悉的耿氏地盘，台湾郑氏政权便没了战略屏障，割据一方的梦想便形同虚构；再进一步推想，如果当年尚在广东任职的姚启圣对平南王尚可喜通过自己辖区暗中接济郑氏政权匿而不报一事不被告发，姚启圣也许还在当他的香山知县，就不会有被革职，不会有东山再起，不会辗转来到漳州，不会厮杀溪西，于是，福建战事是否便有了更多的变数。

但是，当一个正在崛起的强大的王朝坚定地执行自己的意志的时候，故事的结局，便没有了太多的悬念，倒是在大背景下的人物命运，或浓或淡地绘上了奇幻的色彩。

那次战斗的几个关键性人物：姚启圣，战后加了兵部尚书御，继续以总督的身份，帮助施琅收复了台湾，功勋受到史家称道；刘国轩兵败溪西，再败江东桥，后弃金、厦，康熙二十二年（1684 年）八月劝郑克塽降清，二十三年（1685 年）十二月，得康熙帝召见，封伯爵，隶上三旗汉军，赐宅第，实授直隶天津总兵官职；靖南王耿精忠，乱平之后经廷议，以逆党之罪磔死。

在一个新旧交替的时代，人物的心态一定像动荡不安的局势一样难料，性命攸关和瞬间荣辱正如高悬颅顶的圆月弯刀般时时提醒浪尖人物保持一种在睡眠中竖起耳朵的警觉，他们的命运以及他们家族的命运往往取决于对时局的准确判断与恰如其分的反应，这是一个很难让史家直接了解地评估历史人物人格取向的时代。当大明王朝脉象已绝，幻想高举孤帜凭一叶残舸险中取胜，对台湾的郑氏集团的领袖来说，这是残酷；对于坚守着前朝的光荣与梦想的大明遗民来说，这是悲壮。而唯一让历史与现实同样不可原谅的，是反复的背叛。

根据杨惠民老人介绍，在溪西农灌站旁存石碑一块，刻有乾隆 45 年间由乡进士罢温州府瑞安县事陈煜薰撰写的《重兴溪西大众祠碑记》，文曰："大众祠者，临溪西渡口，里人谓海氛时战场，鳌浦、松州左右环绕。余尝过溪西问渡，里父老重为余言，每怵于目：当年郑氏未师截流，斗死骨填坑谷不可算。嗟呼，嗟呼！是祠之举，其以此矣。庚寅水危，祠倾主漂，其存者半，颠倒灰土。吴君松龄、林君国琛等，悯于斯乘，鸠同郡好善之士，分捐索金重兴，故字。幽魂永奠，香火长留，奠有福于九原，岂浅鲜乎！"

我没有再去寻找那块碑记，雨越下越大，艄公泊船的时候，雨烟已在船篷上翻飞，雨线一排一排一从江面掠了过来，江水明明灭灭的。

那战场已经遥远了。

松州书院随想

松州书院是我的一个不解情结。作为福建省最早的书院，它创立于大唐帝国的鼎盛时期，然后湮灭千年，如今以庙宇的形式，在畲族村落的落日与炊烟里浮浮沉沉，这一切常使我的思绪朦胧而悠远。

唐景龙二年（708年），龙溪县令席宏做了一个重要的决定，他要在境内创办一所学校。当时，朝廷在中央设国子监，并昭告州县办官学，于每年十一月贡生员给尚书省，参加科举考试。

席宏给漳州刺史陈元光的儿子、主管教育的州文学陈珦写了一封信，信上说："吉甫归而万邦为宪，太丘处而四境无盗。为导民于礼乐，无混迹于渔樵。且十室必有忠信，而海滨世无仕进者，实无教之尤，非生资之醜。盖鹿鸣不闻清音，龙门焉敢高仰！望惟开其茅塞，勿托疾以薪忧。"邀请陈珦主持乡校。

陈珦当时大概有些犹豫，但还是接受了聘请。校址定在松州保（即今天漳州的浦南及华安汰内一带），这个选择在现在看来有点儿缺乏逻辑，松州保虽然地处水陆交通要冲，但学校不远的猫仔洞（浦南镇内）、桃源洞（华安汰内），是桀骜不驯的畲人聚居地，附近的金沙岭，啸乱蛮獠频频出没。这些早期的父母官们往这里派驻了一个军队以后，并没有再筑起一个要塞，而是不动声色地办起了学校，选派良家子弟在这里习经、吟诗、作策。而这个书院，书舍占地5亩，居然有一个10亩大小的跑马场，十几个世纪以后，你路过这里，似乎还可以那一群英气勃发的少年课余时间策马舞剑的飘逸身影。

大概只有自信非凡的唐人，才能够这样去办一个学校吧。

无论漳州历史，还是松州书院，陈珦都是一个必须提及的人物。正如他那个才华横溢的刺史父亲那样，陈珦早早取得了功名，万岁通天元年（696 年），陈珦举明经，明经科是当时仅次于进士的科举考试，这一年，他 16 岁，成了漳州历史上第一个通过科举博取功名的人。不久，朝廷给了他一个翰林承旨学士的差事。没有详细资料记录这个年轻人在唐都长安的生活。当时正是武后当政时期，宫廷聚集了一大批老谋深算的臣子和野心勃勃的年轻人，忠于李唐的长孙无忌、褚遂良相继被贬杀，政治生活诡丽如同温暖咸润的血气。作为一个边郡刺史的儿子，干着地位不高但靠近皇上的差事，陈珦的学士生涯大约是十分谨慎的。12 年后，他“疏乞归养”，朝廷给了一个承旨归养使的头衔，陈珦从此离开长安、离开翰林院，当起漳州文学来。这时，他已经是一个有造诣的青年学士了。

在陈珦的主持下，书院最初的工作似乎较为艰苦，经费有些不足，漳州治州尚在绥安，距书院大约有两天路程。好在书院设经学博士一人，助教一人，可分担教学的任务。州县长官对书院显然也寄予了厚望。各地选派来的良家子弟有 48 人，年龄在 14 ~ 25 岁之间。一个不满三十岁的校长，带着这么一帮少年，正是血气方刚的年纪，一些清纯，一些狂放不羁，一些奇思妙想，书院一时充盈着鲜活的气息。这是一个读书人意气风发的时代，世风推崇的是任侠使气，宫阙之上尚能容忍大诗人李白无伤风雅地放肆一回，至于一般目的各异的老老少少，可以像进入青春期的少年，酒醉般地追求名望，追求利禄，追求快乐，追求壮怀激烈。这个时期的读书人精神大多挺拔壮硕，如同经历了风雨锻打的躯干。无论帝王宫阙或者酒肆勾栏，只要有观众，他们就毫不迟疑地把自己推销出去。这种朝气应该很容易感染一个帝国的新郡，这里虽然没有“大漠孤烟直，长河落日圆”的壮美让你放逐视线，但是，“千山红日媚，万壑百云浮”，如花的前景，也足够让年轻人舒展一番雄心了。不到三年，书院已成气候，傲岸的学子风范吸引了众多郡中子弟的上进心，不少无意于功名的士绅及平民也乐意来到陈珦座下，听听典故、写写诗文，这样，一个人口稀少、汉畲杂处的新州，在经历了多年战乱以后，终于从一种确定形式向大唐文化看齐了。

当时，漳州刚度过了草创时期的艰难，蛮獠主力已被击溃，啸乱首领雷万兴、苗自成战死，蓝奉高退往潮州方向。社会出现最初的繁荣，居民增至5千户，汉畲关系逐渐融合。然而民风初开，军备未废，人口流动带来经济活力已经突现出来。漳州急需一种文化模式来平衡社会的张力。在唐王朝的这个新州中，松州书院的礼乐作用日愈受到重视。

书院教学过程中始终贯穿着一种尚武精神。漳州刺史陈元光及其副手许天正本就是上马统兵，下马治民，闲暇品风月的风流人物。自唐军入闽平乱以来，战争始终没有真正停止过，建设也始终在进行，凶险的环境及诱人的前程，任何脆弱的神经都会像精美的瓷器一样不堪闽南山水的颠簸。书院的任务就是在教化民风的同时，赋予一批良家子弟出众的品质，比如渊博的学识、健康的体魄及强悍的性格。后世文人的那种苍白与萎缩的人格在这里还没找到生存的土壤。

唐景云二年（711年），陈元光战殁。这一变故终于结束了陈珦的文士生涯。陈珦袭父职，从此告别书院，继续去演绎父辈的书剑情仇。此后二十余年，漳州在他治理下出现难得的升平景象。等到陈珦重归书院，已是开元二十一年（733年）的事了，那一年，他57岁。在这里，他又过了5年聚徒教授、品风月的日子，于天宝元年（742年）去世。

我曾经查阅了一些资料，试图给我的这位祖先勾勒出一个较为完整的轮廓，比如，他在长安的生活，在主持州文学的作为，他漫长的刺史生涯，他的学识是怎样牵引着学生的精神生活的；还有，他的语音是否如珠玉般抑扬顿挫？他的著作呢？他的诗歌呢？……我曾经看过他的一幅画像，如其他家族祖先挂像一样，穿着那个时代的制服，长须及胸，沉着而威严，你几乎无法分清这幅挂像和其他挂像的区别。

我走在已经过了 13 个世纪的书院，试图找到一些与陈珦有关的遗存，比如，一些字迹，一些对联，但是，一切与文字有关的东西都没有了，那个地方后来成了祭祀他父亲的庙宇，以后废于太平军的战火，以后又作了大队的粮仓，现在留下来的，是唐代的石兽、宋代的柱础、元代的神台、明清的木雕。都冷冷清清地站在那里，他的学生、他读过的书、他用过的笔，都已灰飞烟灭。而他说的河洛话，成了这个地方的方言，被汉人和畲人熟练地使用着。

书院有些荒芜，有些凌乱，但被几个管庙的畲族老人打扫得挺干净。这种干净使它在经历千年后仍然拥有一份难得的尊严。书院有点像那几个在院中晒日头的老人，长着一张忍耐的脸，你看不到很多东西，可他们的确经历了很多事情。

没有资料记录陈珦之后书院的详细情况，比如书院办学到什么时候，从这里走出去多少学生，他们后来怎么了。总之，一切都像风中飘蓬一样消失了。但松州书院所在的松州保，此后人才辈出，经久不衰；松州保所在的龙溪县，唐代科第 10 人，其时漳州 12 人，闽省 155 人。贞元二年（786 年）漳州州治迁龙溪。一千年后，松州成了畲族村落，畲人供奉松州书院（威惠庙）香火，也供奉他们祖先盘瓠的香火。

水边的雨伞楼

雨伞楼是九龙江北溪边上的一座土楼，直径不过十余丈，上下两层，状似撑开的雨伞，当地人称“雨伞楼”。

雨伞楼依山临水而筑，所谓山，不过是一抔土丘，间或有香蕉龙眼的枝叶与风吟语；所谓水不过是窄窄的江流，沙洲裸露，偶有鹭丝在芦草间觅食。

雨伞楼生来寂寞，既不知初建年月，也没有峨冠博带的故主可供瞻仰，更无星罗棋布的群体可倚靠，偶有当地电视台或画家来过，之后电视也播了，却未见什么反响；画也上报了，自然也没有什么动静；若干年前曾听过在当地中学任教职的诗人安琪说过这楼，后来安琪成名了，这楼还是这楼。

雨伞楼貌也平常，与我们通常见过的土楼并无二致，楼基是条石铺就的，房舍是红土夯成的，户与户之间是木板隔开的，二十来户人家一圈儿摆开，利利索索地画了个同心圆。楼外缘山的，又有半圈半圈的宅子，层叠而上，稍加分辨，觉得这小小的楼群，如同一粒石子投入河心，形成涟漪，圈圈荡开，竟有些韵味。那大门显得沉重厚实，门顶衰草数丛，门轴锈坏，门板几近损毁，这几个物件零零落落地搁在一起，已然可以入画了。下雨时，滴滴答答的雨帘，很干净地挂着；出日头时，鸡们狗们，在院子里闲逛，闲逛的有时也有它们的主人；有月的时候，院子正中那井里厚厚的银光一片，像是哪个妇人正在漂洗的缎子。

雨伞楼里的人家生活也是寻常的，平日里，该赴墟的赴墟，该下地的下地，外出为商为贾，纵使囊中丰足，回到家里，照样上山下河，驱牛行舟，不失农家本色。我在此间生活多年，已以半个乡人自居，偶有熟人热情相邀，也常往楼中小坐，些许新鲜鱼蟹、土鸡嫩笋上桌，再有家酿米酒下腹，已饮出点“故人具鸡黍，邀我至田家”的味道。

不寻常的是这雨伞楼竟建在数县水陆交汇的商业大墟上，当日这墟市物流也曾上溯漳平，下达厦门，转口上海、广东，如今一个个垒石光可鉴人的小码头不动声色地伏在水滨，不远处的草丛中据说还能找到漳州最早的报关行的遗址。曾几何时，雨伞楼前来来往往的是鼓足了风帆的商船，跨海而至的刘国轩的水军便在不远的江面上灰飞烟灭，太平天国侍王李世贤的兵将的呐喊声似乎隐隐可闻……在风云际汇的年代，不知建功立业的雄心和发财致富的梦想，是否曾使雨伞楼里的男人们的内心躁动不安，是否曾令雨伞楼中的女人们翘首西望征人的背影，那楼中年复一年、日复一日的烟熏火燎颜色，是否曾经演绎过一些生离死别而后衣锦还乡的故事，如同我们的歌仔戏上演的或者我们民间传说的故事所描述的那样。一个想必是鱼龙混杂的商业大墟，一座似乎不具备什么防御能力的土楼突兀地、孤单地站着，不知是当时行政管理力不从心的结果，还是里人集族而居显示实力的一种方式，曾有乡民指着某处凹坑拖痕告诉我此为山匪抢托的杰作彼为驻军兵马的遗痕，也不知话里虚实。

雨伞楼曾经历过繁华，如今置身平淡，想必来日方长，族群的荣誉与它无关，外界的喧闹与它无缘，那些远在山间的声名鹊起的土楼与它素不相识，水边的雨伞楼成了土楼群体中的一个异数，沐浴在九龙江北溪暖暖的日光里，如同一个老态毕显心绪平和的长者，悠悠然独处，寂寞自在，蓦然回首，数百年光阴已随江流一闪而过。

春节前，我曾携数名友好去看这楼，友人看过笑笑，也不言语，穿过竹林去江边吹风，回过头再想那被日光照着的楼，印象已经模糊作一片了。

七首岩闲事

七首岩，在漳州府城之南，绵延数里，聚风敛气。盛时，有七岩五庵之说，石狮岩为其一。历代高僧、大家与之交集。前者如朱熹、黄道周，后者如弘一法师，皆灿若星辰。后荒寒，近有僧人主持石狮岩，逾十年，香火复炽，而世人亦有视七首岩同石狮岩者。

在闽南，寺庙在山上，常称岩。

去七首岩，有几件闲事做得，吃茶、看山下城市、和庙里师父闲话。

一

石狮岩水好，但我不懂。

看山下的茶人，日复一日上山取水，便信了。

庙里的师父，在泉水流经的地方，筑了一方池子，收集的泉水，自己饮用，也供上山的香客饮用。

那泉水，线一般的细流，不知从何而来，也不知始于何时。关于它的传说，古早时候就有。泉水在岩石和草木间漫过，于池中停留，旋被人取走。喝过用它泡茶的人都说，甘美、柔和，有别样清香、出尘气质。

山下的茶人，在周末结伙上山，盘桓半日，下山时，带走若干，一周的时间，正好吃完，下周再来，风雨无阻。亦有每日上山的。哪日耽搁了日辰，不来了，这时日，便起了心事。

庙里的师父，常将泉水装瓶赠客。客人散散地来，散散地走，机缘凑巧，便有水喝。似君子交意，也很欢喜。

庙里种了一棵高大的合欢树，在合欢树下吃茶是很好的。那棵树据说是明代禅师留下的，壮硕，茂盛。日光足时，叶片黄嫩，脉络隐隐可见。

吃茶时，风是动的，时间是静的，鸽子在日光里翻飞，鸡在地上觅食，偶尔有做法事的钟声飘过来。一片云羽一样的光，透过叶片的缝隙，落到茶器上，壶里的水发出咕噜咕噜的声音，日子是好的。

因为有一颗合欢树，每个季节在庙里吃茶，都是令人欢喜的。

在人们上山下山、取水吃茶的当儿，时间一年一年地过去了，苔痕还是那么青绿，山风还是那么宜人，庙是晨钟暮鼓还是那么宏阔。人们来来去去的，有几个茶人，却是不离不弃的。

山下酒坊里的师傅有时也会上山取水，酿出来的酒，喝过的人也说味好。

二

吃罢茶，去看山下的城市。

那城市，一千多年前在七首岩东边，建成时间比山上的寺庙好像晚点，在那个几次闹着出家的梁武帝时代，以后移到七首岩北边，和七首岩隔水相望，那是唐朝的事。南朝时期的老城，在当时只是一个村的规模，现在倒真的成了一个村，叫古县，不过规制还有当年的意思。北边这城市，保持了宋朝城市的格局，城濠是宋朝的城濠，州学是宋朝的州学，老榕是不是宋朝的老榕，就不知道了。

在将近 10 个世纪前，两位宋朝郡守一前一后上了山。他们在文字中的出现，好像开始了七首岩与山下城市的交集。

先上山来的是抗金名臣李弥逊，因为忤逆了秦桧，离开朝堂，到福建南边做这个州的长官，时间是绍兴九年（1139 年）的春天。他做知州的一年多，重要的政绩之一是迁址扩建了州学。今天的州学，保持了宋朝时期的样子，规制不俗，不知是不是李弥逊做的。州学扩建第二年，一下子就有四个士子登第，以后成绩亦不俗，而在此之前，登第者寥寥。地方父老视此事为盛举，建生祠纪念他，祠名“有贤堂”，这件事府志有记。

城南门外七首岩，是他寄情的地方。

他的一次出游，好像是在秋天。石狮岩当日的样子，真的很美。

“翠合峰峦万木稠，云擎佛屋出岩幽。秋光不到庭荫树，晓日先明竹外楼。”

“户牖高低分世界，川原远近失汀州。汤一示我真消息，更在灵山最上头。”

“四十余年报国心，而今白发已盘簪。分符漳圃浑无事，人物山川足赏音。”

诗是有情怀的，北望中原，铁马冰河梦中，四十年的报国心，换得闲看山下川原远近。也罢，留些文气吧。

朱熹做漳州知州，在另一个草长莺飞的春天，时间是宋熙绍元年（1190 年），在李弥逊之后 50 年。若他们相逢，一定惺惺相惜。

新任州主是有抱负的学问大家，拿山下的城市践行他的理想。儒学是要兴的，地方是要整饬的，移风易俗是要厉行的。那座规制宏阔的州学在他的任内发扬光大。这一年，他在城里出版的《四书集注》，是他的思想体系瓜熟蒂落的标志，影响日后中国历史。这座城市，因为他的精神过化，从此称“海滨邹鲁”。

1190 ~ 1191 年初这段时间，四境升平，放下公务的朱子上得山来，那座山下的城市在他的治理下安详有序，州学，在城中央，他的理想将在以后近十个世纪光阴里开出绚烂的花朵。

以后，跟着两位郡守的足迹，越来越多的读书人涉江、上山、盘桓、远望，山与城市越走越近。

山下是平原、盆地，富庶繁华，人喧马啸。山，距城不过七里，有些高度，但不陡峭。山上的人有俯瞰城市的柔和的角度，舒展的视野，以及与城市相处的不远不近的距离。上山下山，出世入世。几个世纪以来，那些读书人相信，即便有一天，时间不在了，山在，城在，有一种精神在。

闲日，登山，看城，一个曾经村落一般的城市，花了十几个世纪的时间，成了几十万人繁衍生息的栖所。白日，城市上空浮着平和之气；夜晚，万家灯光，温暖若梦。恍恍惚惚的，石狮岩的岁月便和城市的岁月渐渐融合在一起，意象饱满，宋人的气度，隐隐约约。

三

看罢城市，便寻和尚闲话。

与和尚闲话，仍吃茶。

吃茶时，岩上皆花树。

住持和尚隔了一些时日，会来相邀。轻车赴约，只在须臾间。不若古早时，时间很慢，生命很短，一日辰光可以扯成悠悠长线。

石狮岩是古寺，庙却不老，也不新，佛屋错落在山坡上，随意自在。

寺庙山规似不甚严整，却有其条理。大家用互联网和微信与外面联系，也不影响修行。不做功课的时候，僧人们在寺里闲走，见客，笑或不笑。用餐时间，僧人三三两两穿过长满古树的庭院，言语，或不言语。隔一些时日，一些云游的僧人来寺里挂单；一些时日，又有一些云游去了。

住持和尚好客，在大雄宝殿旁老树下，靠着山岩搭了个凉棚。凉棚外修了个鱼池，四周围着竹篱，篱外是山岩、绿苔、路过的风、停下的鸟。住持和尚待客、奉茶、写字、焚香都在那儿。救世济人的念头，也在那里说说。有些诗歌，是在那里写的，写完在微信发，大家也很喜欢。

做商贾的、读书的、做官人的，会常来吃杯茶。市井生活是忙碌、琐碎的，有时要靠执念才能继续下去。

到了山上，这一切是要放下的。

常圆老和尚有时会来凉棚和客人坐坐。老和尚是有修为的人，据说有二十年时间在雪峰山闭关，现在仍少出山门。他有孩童般灿烂的笑容、令人温暖的外乡口音，可以令人忘却人间的烦恼事。

在大家闲话的当儿，寺里的营建也没停歇。营建是有烟火气的，烟火气总是要散去的。过了烟火的亭、台、楼、阁，还会在那儿，被山风和草木气息滋润，终归于清凉。

想来世间富贵贫贱，看淡一些才好，狼奔豕突之余，寻个清凉去处靠靠，大抵是有益的。

再看那些虚度的时光，少年孟浪、中年沧桑，爵士的醉意还没褪去，尺八的枯寒已经破空而来，日子是否从此简净如水，也是要看造化。

至于那些下山去了的人，回到自己的生活，也该知道，什么时候平淡转身最好。

真的到那时候，住持和尚或者不再像现在那么忙，或者比现在还要忙。

三、瀚海

涉沧溟十万里

公元15世纪，最初三十年，大明王朝七次向西太平洋和印度洋派出当时世界上最大规模的船队，涉沧溟十万里，长风浩荡，所向无前。

那是多么盛大的远航啊，当数百艘巨舟载着三万多名士兵，徐徐掠过15世纪的海面，一个以大明王朝为核心的朝贡贸易圈形成了。

三十年后，亚洲水域光芒燃尽。那支执行国家意志的船队，消失在浩渺的烟波里。因为封建王朝的国家政策突然转向而失落的海洋记忆，到哪里去了？谁与郑和经历了那些伟大的航程，谁是郑和的前驱？谁继承了郑和的事业？

历史的天空，留下一个巨大的悬念。

一 与郑和同行

长乐，福州门户，古称吴航，下西洋船队的集结地和出发地，500年前，郑和在南山天妃宫祀天妃并勒石“舟师居驻于斯，伺风开洋”。

福建沿海，每年十月至次年正月盛行的东北风，四月至七月则吹西南风。东北风起，是下西洋船队出发时间，西南风行，则是归航日子。

位于闽江下游出海口的太平港，群峦为障，港阔水深，连接闽江内河流域，是下西洋的天然良港。

郑和船队在此驻扎，或者两三个月，或者五六个月，他们建造海舟、收集粮食、采购宝贝、招募工匠、水手，由东南各省调拨的库银，源源不断地送到这里，为即将发生的远航助力。长乐十里洋，当时造船的地方，工匠云集，商人搭寮，开店贸易，宛若市镇。成千上万的士兵，在这里汇集。

福州作为闽省首府，有严密的军事防务体系，4个卫、5个指挥使司、12个千户所，层层拱护大明舟师的航海基地。在港口待命的大小船只，有时多达500余号。上百艘宝船是核心，马船、坐船、战船、粮船、水船辅助，船队集结候风。

此时，福建正释放出巨大的物质创造力。从宋元开始，全国经济重心南移，福建商品经济进入前所未有的繁荣期。一些口岸如福州与泉州，因为有广泛联系海外市场的传统而成为著名港市。瓷与丝，世界上最好的手工艺品，在福建可就地采购。这些奢侈品对大明舟师的远航锦上添花。它们将在航线各口岸出现，为一个以中华物产为时尚潮流的共同市场的形成推波助澜。永乐通宝——大明王朝的国家货币，因为信用良好，在西洋航路上流通，它们中的很大一部分，就在福州铸造。至于明人，因为国家背景而地位尊崇。

当时世界最优秀的造船技术人才汇集长乐。大明王朝此时正独步海洋世界舞台，自宋元以来，福建一直是中国的海船制造中心，福船，以优越的性能成为宝舰的船型，引领着海洋世界的风帆。

每当下西洋船队出航前，长乐太平港船厂——明代五大官办造船厂之一，人声鼎沸，昼夜赶工，闽江上游茂密的森林为宝舰提供材料，而中国最优秀的工程技术人员将在风期到来前，造出世界首屈一指的大船。

永乐元年（1403年）五月辛巳，明成祖命福建都司造海船37艘；

永乐二年（1404年）正月癸亥，命福建再造海船五艘，将使西洋；永乐五年（1407年）九月乙卯，都指挥汪浩改海船249艘，备使西洋诸国；永乐六年（1408年）正月丁卯，命工部造宝船48艘；永乐十七年（1419年）九月乙卯，命造宝船41艘。

那是一个伟大的时代，16年间，在福建五次建造船只380船。彰显国家雄心的宝船依次下水，走向沧溟，海洋为他们打开前所未有的视野。

福建卫所三万多名将士轮番出征，支撑郑和远航。等待他们的是荣耀，或者死亡，或者长留他乡，或者平安返航。至少有18名下级官员因为军功而升职，而他们中的绝大多数作为历史创造者与见证者，以自己的最终沉默，造就一个伟大的名字——郑和。

《明史·郑和传》记载，“永乐三年（1405年）元月，命和及其侪王景弘等通使西洋，将士率二万七千八百余人，多赍金币，造大船……”

船队随行人员费信在《星槎胜览》中也记载“永乐七年（1409年），上命正使太监郑和、王景弘等，统领官兵二万七千余人，驾驶海舶四十八号，往诸番国开读赏赐”。

透过历史的风烟，我们依稀看到在那横空出世的船队里，另一个人与郑和一起，肩负国家使命，统率数万赳赳武夫，走过云帆高挂的燃情岁月。

宣德八年（1433年），郑和第七次下西洋客死古里时，王景弘作为船队的指挥者，单独完成国家使命。

宣德九年（1434年），即郑和死后第二年，独自率领大明船队做第八次远航，目的地是苏门答腊。这是大明王朝向海洋世界的告别演出，伟大的航海人王景弘的生命定格。

二十几年时间，两个历尽沧桑的航海家，五次同行，不离不弃，日暮晨曦，踏浪巡航。最终，一个葬身印度洋，一个埋骨东南亚，以他们充满韧性的生命，为那些壮丽的远航增色。那些追随他们的人，将他们奉若神明，时至今日，依然如此。

一直以来，人们只知道王景弘是闽南人，但是关于他的记录薄如纸片。《漳州府志·武勋》记载："王景弘，集贤里香寮人，从太宗北征，后有拥立功，授其子南京锦衣卫正千户。"当年，龙岩隶漳州府。《龙岩府志》记载："王景弘，龙岩集贤里人，后分属宁洋。"集贤里香寮村，即今漳平市赤水镇香寮村。

郑和与王景弘作为朱棣身边的亲信宦官，参与夺嫡自立的"靖难之役"。在下西洋船队里，他们的身份是总兵衙正使太监。大明船队数万将士，唯有他与郑和地位尊崇。

王景弘是一名精于航海的福建人，他的著作《赴西洋水程》、《洋更》，梳理、整合下西洋航线。相对于郑和作为航海使命的总指挥角色，王景弘更像是船队的执行长，以他的航海知识，引导那些神奇的远航。

十万个昼夜，十万里航路，我们相信，雄心万丈的大明船队旗舰的指挥舱，从来不是郑和一个人孤独瞭望烟波浩渺的航程。

浩浩荡荡的下西洋船队，高挂云帆，一路航至非洲东海岸。成千上万的闽人与郑和一起扬帆海上，他们或者是普通士兵、水手，或者是工程技术人员，或者高居旗舰指挥官，他们与他们的主帅一起，在15世纪海洋世界华丽的舞台上，演绎东方大国形象，前无古人，罕有来者。

那是一次奇异的旅行。占城，是郑和下西洋第一站，有航向渤泥、中南半岛和马来半岛的航线。热带香料的馨郁，是船员挥之不去的记忆。苏门答腊，郑和船队的另一个基地，从这里有三条航线，一条北航榜葛利，一条西航锡兰山，一条前往印度半岛西南海岸各国。那是另一个大洋了。古里，郑和魂断此处，可航至波斯湾直达忽鲁漠斯，或绕阿拉伯半岛，深入红海到天方国，或经波斯湾、亚丁湾，沿索马里到非洲东海岸。天方国女子夜莺般的歌声，以及在她们腰间闪烁的珠宝银饰的光泽，将向人们展示一个完全不同的世界……

二　郑和之前

郑和宝船在太平洋、印度洋劈波斩浪之前几百年，闽人早已驾着商船成为这一带的常客。宋元时期，福建已经形成了相当广阔的海外交通网络。蒙元帝国的版图上，欧亚大陆交通已然被打通，太平洋与印度洋的航路连成一片。马可·波罗借从陆路东来 17 年后自泉州沿海路西返。当年与元朝有贸易关系的国家和地区多达 40 多个。

汪大渊，一个出生在泉州的南昌人，元代航海家。被西方学者称为东方的马可·波罗，他在 1330 年和 1337 年，两次从泉州出海一路航往吕宋、爪哇、阿拉伯海、波斯湾、亚丁湾、红海、莫桑比克海峡及澳洲。第一次历时五年，第二次历时三年，一定是荡漾的心，让他愿意离开舒适的故宅，安逸的辰光，亲历了海外贸易的繁盛。回国后，根据两次游历经历，整理手记，编写出《岛夷志》，记录各国社会经济、奇风异俗。涉及亚、非、澳各洲国家地区二百多个，澳洲的达尔文港，汪大渊将它记为麻那里，闽南商人水手认为，那就是世界的尽头，这也是福建航海人在记录里走得最远的地方。

此时，从闽南到波斯湾地区被一条繁忙的海上运输线连接，商人不远万里，逐利而来，泉州一地，数万阿拉伯人为商为贾。西亚、非洲的象牙、犀角，东南亚的香料，通过泉州港在中国找到巨大的市场。中国的火药和指南针技术从这条航道经阿拉伯人输往西方，这是中国贸易史上最繁荣的时代。

在此之前的宋代，宗室赵汝适任福建市舶司兼权泉州市舶使时，写了《诸蕃志》。对日本、东南亚、北非50多个国家的风土人情以及政治结构进行了一次梳理。他知道，在那一条航线上形成的粗壮的物流，是帝国财富之源，值得让一个尊贵的皇族、大权在握的市舶官执子之笔，为帝国生计。

那时，从福州或泉州出发的商航，向东可抵朝鲜、日本，南到东南亚诸国，西达印度洋、波斯湾，最远到非洲东海岸。以后，下西洋船队正是沿着闽人开辟的航线一路前行。郑和所走过的那些国家和城市，影影绰绰地出现在《诸蕃志》、《岛夷志略》的描述里。

在郑和之前二百年，闽人亲历非洲，考察当地的风土人情，观察当地的社会结构与政治制度。大象、犀牛、长颈鹿、斑马，那些遥远的非洲大陆的奇异动物，是否曾经启发了郑和的想象，和天朝大国的政治理想，一起引着他一路前行？

1430年，郑和的部下马欢等七人到达麦加，他们带来了东方的瓷器等物品，带回当地的狮子、鸵鸟，并把这个国家绘成画册。回国时，当地使节随船队朝贡。

在记录里，马欢将此地称为天方，《天方夜谭》源于这个地方，那些充满异国风情的故事，曾经随着许多中国人度过他们的一千零一夜，伴随着他们从童年，走向少年，走向成年。

也门亚丁，著名的海港城市，历史上一直是连接非洲与阿拉伯世界的主要纽带。郑和时代，它叫麻阿斯离，《诸蕃志》则称它麻离拔。而索马里的摩加迪沙，郑和船队记为木骨都束，汪大渊称它班达里。

亚丁所在的亚丁湾，也门与索马里之间的阿拉伯海域，勾连地中海与印度洋的黄金水道，灿烂日光，装饰这一片各种势力角逐的竞技场。郑和船队离去后五个世纪，中国海军护航编队再次出现在这片水域。

郑和下西洋并不是一次真正意义上的发现之旅。仿佛是对一段航海记忆的寻访，郑和一路看到闽人所记录的那些城市，并且一路遇到闽人，他们在遥远异域，或商贸或耕植，自成群落。

曾时懋，晋江人，随叔父渡海抵达爪哇，成为国王的女婿，郑和、王景弘到来时，曾时懋和他的儿子为船队的导航。站在故国船队的前方，曾时懋父子的胸襟，一定鼓荡着风帆。

早在郑和下西洋之前，福建移民已经在泛海途中建立了一个又一个的定居点。公元3世纪至8世纪，是第一波移民潮。

在三佛齐，也就是今天的巨港，因为逃避黄巢战争，一些福建人在这里过起世外桃源的生活。元，那些战争难民迁往占城、爪哇、缅甸、暹罗；汪大渊在著作中提到，在渤泥（加里曼丹岛上坤甸），在"龙牙门"（新加坡）都生活着中国人。

马欢在《瀛涯胜览》中写道："永乐十一年癸巳（1413年）太宗文皇帝敕命正使郑和统领宝船往来西洋诸番开读赏赐，余以通译番书，亦被使末。随其所至，鲸波浩渺，不知其几千万里。历涉诸邦，其天时气候地理人物，目击而身履之。然后知《岛夷志》所著着不诬……"

马欢所看到的，正是《岛夷志》所描述的。马欢在《瀛涯胜览》所记录的不过20余国，远不及《岛夷志》，而郑和的另一个随员费信所编写的《星槎胜览》许多地点来自《岛夷志》。同样是船队随员的巩修所编写《西洋番国志》收录条目也与《岛夷志》几乎相同。

学者周宁在《中西最初的遭遇与冲突》中指出："郑和的远航并不是探险，从长乐港到占城，从占城到满剌加、爪哇再到锡兰山，从锡兰山再到古里，从古里到忽鲁漠斯、阿丹、天方、米息（埃及）或从阿丹到木骨都束、麻林地、慢八撒（蒙巴萨），所有这些航路，至少已有千年的历史。泛海九万里，所历30余国。不仅海路熟悉，绝大多数国家在历史上也与中国有过交往……郑和远航并不是始创性探险，他们航路上已走过无数中国海船……”

那些走在郑和之前的闽中水手和商人，当他们前赴后继、碧海扬波、追求财富、追求他们所期待的美好生活的时候，他们已经向后人奉献出一条充满梦想的海洋之路。

当荣耀归于郑和，这个15世纪的世界上最伟大的航海者，他的名字不再仅仅属于一个落难的波斯王孙，一个彩云之南的贵族少年，一个大明王朝室地位显赫的宦官，他代表一个航海群体的勇气、智慧以及一往无前的精神。

三　郑和之后，还有郑和吗

当大明王朝的海洋政策在经历了热血贲张的三十年后突然发生逆转，宝船在港湾中腐朽，帅旗在寒风中凋零，水手在寂寞中老去，那些远航的历史成为故事，故事成为传说，15世纪以512海面似乎空荡荡的，等待欧洲人去书写他们的篇章。

王景弘的第八次出航，真的成为15世纪中国海洋大剧落幕前的一道华丽的尾音吗?

郑和之后，还有郑和吗?

1935年，一个叫向达的北京大学图书馆研究员在整理中文资料时，发现标号为145号的手抄本针路簿，其封面上旧题有“顺风相送”四个字，即以此为名将其抄录回国。《顺风相送》的副页上有拉丁文题记一行，说此书是坎德伯里主教牛津大学校长劳德大主教于1639年所赠。1639年即明崇祯十二年。据推测，此书可能编著于15世纪，由在中国传教的耶稣会教士带到欧洲并辗转到牛津。一同被抄回的还有《指南正法》。

有趣的是，这两本的序如出一辙，内容也大同小异，大致分为三个部分，一是关于气象方面的观察方法。二是山形水势记录。三是各处往返的针路记录。

《顺风相送》的序言首段提到“于天朝南京直隶至太仓并夷邦巫里洋等处更针路山形水势澳屿浅深攒写于后，以此传好游者云尔”。太仓，正是郑和船队的发泊地。中间又说“以牵星为准，保得宝舟平稳”，“宝舟”自然指郑和宝船。而结尾“永乐元年奉差前往西洋等国开诏”一句，则直指永乐年间航海系国家行为。

显然，这就是郑和时代失落的航海资料。

顺着那些古老的针路，让我们把目光拉回风云变幻的15世纪，郑和与另一位正使太监、来自福建漳州府龙岩县(今龙岩漳平)的王景弘率领的大明船队从南京出发，在江苏太仓刘家河集结，抵途经福建长乐，在太平港候风出洋，一路航行到达印度的孟加拉湾、伊朗的阿曼湾以及阿拉伯半岛的亚丁，然后渡亚丁湾到达非洲东部，最远到达非洲肯尼亚的蒙巴萨，即南纬四度左右止。沿途500多个地名被逐次记录，其中，中国200余个，外国300余个。这是人类历史上最壮丽的远航，“钓鱼屿”和“赤坎屿”（即今天的钓鱼岛和赤尾屿）、七洲（即今天的西沙群岛）、万里长沙、万里石塘（即今天南海诸岛）都在船队的巡航范围。

2008年，人们又在这里发现了1654年被英国律师约翰·雪尔登从英国东印度公司收购的明代绢本彩绘地图——《雪尔登地图》(《明东西洋航海图》)。

三种资料编撰地点都指向同一个地方——福建漳州，明隆庆元年（1567年），这里成了中国唯一允许商民出海贸易的口岸。

在此之前，已经陆续出现不同版本的明代航海资料，内容同出一脉，时段相近，航线相似。它们包括：漳州诏安人吴朴编撰的《渡海方程》、海澄人张燮编写的《东南洋考》。

一系列珍贵的航海资料汇聚漳州，呼应了明代漳州月港繁盛的海洋贸易，并由此给我们勾勒出这样一个历史真实：福建航海族群延续了郑和的事业，并且以月港驶出的商船作为展示他们的勇气、智慧以及才能的舞台，最终上演一场渡台湾、闯南洋、下广州、横跨美洲的恢宏大剧。

如果说闽人曾是郑和船队的前驱，那么，郑和下西洋为后来的闽人海洋贸易带来历史性的机遇。

郑和下西洋是对闽人造船技术与航海技术一次系统的梳理与整合。规模宏大的造船工程，聚国家财力，荟东南数省人才，成就一批打造大型海船的工程技术人员和视野开阔航海家，他们的成果在封建王朝的国家档案馆离奇消失后，他们的智慧依然在闽地开出鲜艳的花朵。郑和之后，福建优秀的造船工匠，逐渐汇集到两个地方——福州及漳州。

“纪四极，定罗经，认畛域，占风云，辩土色，审道理之远近，分天地乎南北。”“望夕晖之落云，知明发之多飓；聆水声之渐向，虑礁浅之可忧。夜观指南之针，日唱量更之筹……”（《海赋》）

海，沉雄浩大，值得一个漳州士大夫站在17世纪初的春天为她吟唱。那个士大夫叫郑怀魁。

郑和下西洋是对太平洋、印度洋航线的一次清理。数万士兵花近三十年建立起来的海洋秩序，即使在那支横空出世的船队消失后许多年，依然绵绵不绝地彰显着国家影响力。

郑和下西洋是华夏物质成果的一盛大展示。它以不可阻拦之势激发了海外市场对中国商品的追求，此后，无论是沿着郑和航线一路前行的福建商船，还是沿着这条航线一路“回溯”的葡萄牙、西班牙商船，他们为之甘冒着风险的就是中国商品在海外市场的巨大利润。

历史给我们展示这样一条线索：1433年之后，大明王朝的海洋行动几乎全部终结，国家不再支持宝船远航，如此强大的海上力量突然消失，并不是单纯的王朝转向内向保守。造大船几乎耗尽沿海沿江一带森林资源，就像大航海时代欧洲、日本、印度那些造船中心遇到的问题一样。

此时，从物质层面到政策层面，中国不再有建造庞大宝船的环境，但是中国的民间海洋贸易在宝船离开海洋世界后，蓬勃发展。民间商船队迅速填补了郑和离去后的空白。至少在西方来到前如此。由此，福建商人集团崛起了。

福建商人建立一种新的利益分配方式，人们不再建造昂贵的大船直航波斯湾和非洲，一些型号稍小的商船在那条漫长的航线上接力，东西方货物在接力中辗转，利益在辗转中分配。这种以最小成本实现利润最大化的模式，很快使福建商人成为亚洲贸易网络的主力。

随着中华物产向有海水的地方扩散，印度洋和南中海海商业世界进一步中国开放，在中国的周边马尼拉、马六甲、苏拉特、暹罗形成了一系列中国商品海外聚散中心，这是联结各个贸易终端的中转站，商人们在海洋上奔走，打造出极富效率的网络。

这样，一种与海洋季风气候相适应的季风型贸易形成了。

冬季，盛行东北风，人们扬帆出海；夏天，盛行西南风，人们满载而归。商人们在外逗留的时间大多不再超过一季，而郑和船队在外时间一般为两年。现在，在很短时间里，中国商品与远在波斯湾、地中海的商品，一路辗转交换，文艺复兴的气息和古老的大陆文明在有海水的地方交汇。

就这样，福建商人以非常市场化的方式迎接大航海时代的到来。

隆庆元年（1567 年），月港开放洋市，1671 年，西班牙占领吕宋，在波托西银矿牵引下，中国和美洲航线在吕宋对接，并且勾连欧洲大陆，全球市场形成了。

郑和之后 200 年，人们航向东南亚，在那里建立华人社区；人们航向台湾，在那里建立第二个闽南。地缘、血缘联系他们，最终，让他们在全球化时代独领风骚。

四　裂变·后郑和时代

郑和下西洋为闽人开启了一个全新的视角，在传统的农业社会里，国内与大陆事务是一切政务中心，在北部修筑长城防御少数民族入侵是基本国策，东南方向，碧波万顷，对封建王朝而言，那只是一些无足轻重的化外之地。

在四海寂静、唯我独尊的年月，郑和与明仁宗的一番对话，仿佛是对未来的隐喻，“欲国家富强，不可置海洋于不顾。财富取之于海，危险亦来自于海……一旦他国之君夺取海洋，华夏危矣”。这是我们迄今为止所能见到的中国最早的海权论述。

200 年后，福建航海势力经过分化重组，夺取远东水城的控制权，在 17 世纪中西方航海力量的博弈中，以强大的海上力量为后盾、依靠海洋贸易支撑的郑氏集团成为西太平洋的海上霸主，郑和时代的海上雄风隐隐再现。他们所建立的海上王国旗下 13000 艘舰船，在太平洋上纵横驰骋，掀起惊涛骇浪。料罗湾海战是中西方海洋势力的终极对决，荷属东印度公司在南中国海建立的海上霸权，毁于一旦，此后，他们开始向郑氏集团纳贡。那个时代，所有在中国澳门、厦门、台湾和菲律宾马尼拉、日本各港口间行驶的商船，必须接受郑氏集团的管理，这是福建航海势力的巅峰时刻。

当郑和宝船退出海平线以后，闽人在大三角海域继续扬帆奋进，他们把商船开到能到达的任何口岸，把中国商品填满那些口岸，把自己投放那些口岸，最终把灿烂的华夏文明根植在那些口岸以及那些口岸所能辐射到的地方。没有他们，郑和之后，中国的海洋历史将是一片巨大的空白。

在后郑和时代，数个多世纪的时间里，蓬勃发展的民间海洋贸易和海洋移民活动无疑是闽人海洋潜能的一次集体爆发，作为传统农业文明中边缘群体，福建航海群体长期为主流意识刻意忽略甚至不容，当他们为财富或者生存在东亚水域奋力前行时，西方国家正以国家的名义聚结海上力量，在经历“世界地理大发现”之后，他们武装远航、环球劫掠、贩运黑奴、跨洋殖民，在贸易、战争、外交的一片喧闹声中，开启三个多世纪的海上霸业，发展出商业资本主义，最终奠定今日世界的格局。而福建航海人作为西方人进入东亚水域首先要面对的中国人，在西方人眼里，他们就是中国，或者代表中国。他们先是作为灿烂的华夏文明的最直观的意象展示给西方人，然后在帝国幻象破碎后首先面对历史的剧痛，最终他们成了中国最早睁眼看世界的一群人，林则徐、沈葆桢、严复……一群伟大的思想先行者，在西方工业文明的烈冲击中，肩负使命，与国家一起经历文明的裂变。

轮回·那些传奇港市的前世今生

我们所知道的那些传奇港市，今天依然在我们的生活中，一千多年的光阴轮回，并没有隐匿太多的真实，它们书写的闽地历史，充满太平洋的气息。

一　闽都·遥想郑和

1992年6月21日，一个叫郑禀娣的长乐仙岐村民在一个叫“大王庭”的地方建屋挖基时，意外地挖到了一座被风沙湮没的古庙宇，随着千余彩蝶翩然而至，五十几尊神祇重见天日，神态依旧安然，服饰鲜丽，仿佛百年光阴，不过轻啜一口茗茶。

这座叫显应宫的庙宇，建于宋绍兴八年（1138年），郑和下西洋前重修，出土时妈神与郑和同祀的格局，似乎喻示这个地方与那七次伟大的远航的关联。

郑和下西洋，从南京刘家洋出发，每次均在福州吴航（长乐），侯风开洋。他们在这里打造洋船，置办物资，招揽水手，到冬季风来临时扬帆出海，其间顺着洋流穿越台湾海峡，先行抵达占城，再航至东南亚诸国，继而进入印度洋，最终抵达遥远的非洲。他们会在沿途各港口包括福州、泉州、漳州泊船并向天妃行香祈祷一路平安。

一座声名并不显赫的庙宇，彰显郑和时代的怒海雄心，并且把风云变幻的15世纪的洋面，静静地安顿在妈神温润的眼神里。

福州诸港口的发展，无疑见证过一个又一个大时代。

福州港早在汉代就是中国海外贸易的重要枢纽。先秦时期，东冶港就是闽越国海外交通中心和闽江流域重要口岸，无诸复国闽越使这个港口因政治经济中心的位移闽江口而繁荣。

东汉，它是中原与交趾物流的中转。至少在秦汉时期，东冶港，已经开辟了前往中南半岛及菲律宾的航线，那些海上遇风的闽越人，有些像寻求长生的徐福那样一去不返，传说中的蓬莱仙岛或许可以带来无拘无束的生活吧。

唐代，来自阿拉伯海、印度洋的商船开始抵达福州。那些散发着异域韵味的商品沿闽江逆流而上，散往内陆各地。唐大和年间（827 ~ 835年），继广州之后，中央政府在福州设市船司管理海外贸易，港口挟盛唐的光辉而荣耀。

五代，王审知在闽东海域开辟甘棠港（即白马港），福州成为南北海上交通的连结点。福州港的航线扩展到新罗、日本、印度、波斯。潮通番舶，为这个滨海王国带来财税收入，附带也为百姓增加财富。

北宋时期，福州已是东南海滨大都会，“百货随潮船入市，万家沽酒户垂帘”。一些专营舶货的商家，很受欢迎。从港口出发的商船，可航至新罗、日本、琉球、大食。人们运走丝绸、瓷器，福州的荔枝有时出现在大食的集市上。阿拉伯商人航海而来，有的甚至父子同船。人们出手阔绰，一掷千金。商人队伍中偶尔会出现一些寻求佛法的日本僧侣，繁华于他们不过是过眼云烟，但开元寺的晨钟暮鼓，或许可以开启他们的智慧。巡检司在闽江下游马尾港罗星山造了罗星塔，入夜燃灯指引归航，无意间也成了福州海运繁盛的见证。

琉球王国是朝贡贸易的最大得益者。从明洪武年间开始，长达五个世纪的中国与琉球的朝贡贸易均以福州为指定港口。中国的“封舟”与琉球贡船承载着使节、水手、商人、留学生航行于闽江口五虎门与那霸港之间。琉球，原先极为贫弱，他们以朝贡贸易名义在中国、朝鲜、日本和东南亚诸国间进行频繁的贸易，逐步发展成西太平洋、东亚区地区贸易中转站，这是中国与琉球王国经济文化交往的黄金岁月。

事实上，中国历史上最大规模的朝贡贸易活动——郑和下西洋和历史上延续时间最长的琉球朝贡，其主体都是闽人。坚固耐用的福船和优秀民间航海人才源源不断地为中国国家海洋行动提供充足的物质条件。

从明代到清代中期，中国与东南亚国家保持着古典的朝贡贸易关系，这种怀柔政策使中国在太平洋地区建立无可比拟的传统优势。“柔远驿”，那个年代的国家涉外驿所，也曾有过人喧马嘶的时候，如今，依然坐落在福州台江区琯后街，作为中国和琉球友好交往的见证。时间流逝，但它沉淀下来的历史，镶刻于砖瓦与苍阳之间，从未湮没。

鸦片战争后，福州成为五口通商口岸之一，在承受王朝衰落的痛苦同时，开始与世界经济接轨。

这个港口给西方留下的最深刻印象，也许是繁盛的红茶贸易。改变西方人生活方式的红茶，其产地集中在武夷地区，通过茶商与脚夫的长途跋涉，费时近两个月，抵达清政府唯一通商口岸——广州，由长驻那里的行商（主要是福建商人）操持的中国外贸垄断团体——广州十三行销往西方列国。

红茶这种原产于中国的瘾性温和的奢侈品，如此受人喜爱，在传入欧洲后，先是上流社会贵族享用，不久即流入民间成为大众饮品。因为拥有巨大市场，作为当时工业界殖民界的强权——英国对其兴趣巨大，视之为具有战略价值的消费物资。至于北美殖民地，在经历了波士顿倾茶事件、经历了独立战争后，那里的人们，并没有因为爱国而放弃饮茶的习惯。

五口通商后，福州一跃成为中国最大的茶叶出口基地，每年出口量至少有全国三分之一，它的商业价值随市场变化日益重要。如果这种小小的植物叶片仅仅是一种内需型商品，这种商品区域间移动允许缓慢进行，而时间还不算金钱，供货地点的变化就显得无足轻重。但是，这时候世界经济已经确立并成熟，数千公里外商品价格变化足可扰动世界市场，福州港，由此显示它的优势。由于距产茶区不过 4 天水路，大大节省了途中时间和运输成本，伦敦及北美殖民地的茶市供货，也由此提前。可观的利润驱动中国茶叶飞剪船穿梭在两半球，世界“茶港”由此诞生。尽管国家在军事失败后一蹶不振，传统经济面临最后的崩溃。1859 年，福州进口总值 2，244，000 元，出口则为 10，847，600 元，1867 年进口总值为 3，489，063 元，出口 12，903，811 元。仍然保持顺差的势头。中州帆影，一个时代兴盛的记忆，记录福州作为世界茶港的辉煌。

福州，由此成为中国东南之财源及具有国际视野的城市，贸易顺差继续刺激对西方商品与技术的需求，最终为在马尾港拉开的中国现代化序曲助推。

二　刺桐花开

1292 年，马可·波罗从泉州刺桐港出发，他的使命是护送蒙古帝国的阔阔真公主远嫁波斯，在经历了长达 17 年的中国之行后，他也将由此踏上归途，泉州是马可·波罗中国之行的终点站。

泉州，又称刺桐城。在1298年出版的《东方见闻录》，即后来的《马可·波罗游记》里，刺桐城，宏伟美丽，刺桐港，船舶往来如织，装载各种各样的商品驶向各地出售。

在马可·波罗看来，刺桐港显然远比当时西方著名的港口亚历山大港繁华，“运到这里的胡椒数量非常可观。但运到亚历山大港以供应西方各地的数量却微乎其微，恐怕不到1%。刺桐是世界最大的港口之一，大批商人云集，货物堆积如山，买卖的盛况令人难以想象。此处的每个商人必须付出自己投资总数的百分之十作为税款，所以大汗从这里获得了巨大的收入。此外商人们租船装货，对于精细货物必须付该货物总价的30%作为运费，胡椒等需付44%，而檀香木、药材以及一般商品则需付40%。据估算，他们的费用连同关税和运费在内，总共占到货物价值的一半以上，然而就是剩余的这一半中，他们也有很大的利润，所以他们往往运载更多的商品回来交易”。

这个城市风景秀丽，物产丰富，人民性情平和，安居乐业，生活着许多富有的印度人。至于从这里护送阔阔真公主远行的14艘大船，四桅九帆，250个乘员，吨位与他回威尼斯建造的参加与热那亚战争的那艘百桨战舰不相上下。事实上，元代泉州已经可以造出载运1000人的船只，并且采用了水密封舱设计。船的安全性能的提高和载重量的增大，为远程运输和大宗海外贸易创造更为有利的条件。不过，就像马可·波罗记录的苏门答腊作为香料产地的商业价值200年后才被欧洲人重新发现一样，他们最终采用水密封舱技术则至少要等到500年后。

尽管马可·波罗从东方带回巨额财富，但是在《游记》诞生差不多200年时间里，它常常被当成传奇故事，而不是国际商务指南。事实上，马可·波罗时代，欧洲在国际舞台上并不显赫。虽然与东方的贸易历史持续10个世纪，中国的丝绸在古罗马时期拥有华美时光。但是，这种回报丰厚的商务活动一直通过中间商人来完成。当东罗马帝国衰落和阿拉伯人波斯势力崛起，原先由陆路经中亚地区抵达欧洲的贸易线几乎中断，丝绸、香料输入锐减，商人们改走海路，继续商品贸易，亚历山大港是这种贸易的中转。直到蒙古人统一中亚，重新打通中亚贸易线，欧洲人才有机会直接面对中国。只是这种人只能算凤毛麟角，由于长时间对中国缺乏直观的印象，欧洲人对那个遥远的国度如雾里看花，在马可·波罗死后许多年，他的老家威尼斯的嘉年华会上，人们有时还让小丑扮“吹牛大王马可”取乐。

不过，最终葡萄牙的亨利王子相信了这本书，大航海时代正是在他的操持下拉开序幕。而热那亚人哥伦布也因为这本书，在寻找遥远的东方时却意外地发现新大陆，这一发现改变了世界。

随着刺桐海洋贸易的繁盛，抵达并记录它的旅行者不再仅仅是马可·波罗一个人。元至正六年（1346 年）罗马教皇使节马黎诺里抵达泉州，在《马黎诺里游记》里他说:“刺桐城，这是一个令人神往的海港，也是一座令人惊奇的城市。”

1347 年，摩洛哥旅行家伊本·白图泰也来到泉州，看到港内大船百余艘、小船不计其数。在《伊本·白图泰游记》里，他说“泉州为世界最大港之一，实则可称唯一之最大港”。刺桐，是伊本白国泰中国之行中最重要的地方。他先后三次到达泉州，在到达中国之前，他在北非、西亚已经遇到来自刺桐港的福建商人，而他则在马尔代夫搭上来自刺桐的商船，经过马六甲海峡，沿着越南海岸北上。于 1342 年 7 月 21 日抵达元代中国的刺桐港。

早在南朝时，刺桐港就与海外交通。刺桐在那时由东南亚引种。三四月花开时，满城灿若云霞，良辰美景经番舶传播，刺桐（Zaitun）驰名海外。唐代，泉州海外交通快速发展，南海番舶常至，商贾来往，呈现“市井十洲人”的景象。宋代，刺桐港更加繁荣，元后二年（1087年），泉州设市舶司，掌管海外贸易。政和五年（1115年）置来往驿，接传外国使节。南宋初年，与广州港并驾齐驱，南宋末年，超越广州港，成为中国最大港口。元代，刺桐港成为世界最大港口。

让我们重返元代的刺桐，“每岁造船通异域”，“涨海声中万国亭”。那时刺桐已是国际化港市，与近百个国家和地区发生贸易关系。东至高丽，西至非洲东海岸，来自异外的珍珠、玳瑁、犀角、象牙、丹砂、水银、沉檀等稀奇难得之宝和瓷器、丝绸在这里集散，使节、商人、传教士和旅行者在这里登岸、离岸。城内华夷杂处，权豪比居。富有的胡商，居住在郡城南。外国侨民集居区，称“蕃人巷”。住那里的，不管是白皮肤的，或者黑皮肤的，一生大抵会遇到一两次不错的际遇，从而过上体面的日子。至于城里生活着的那数千个赵氏皇族，依靠财政供养，或许也能暂时忘却靖康年的痛苦，继续消磨那些高雅的辰光，并多少引领消费时尚。到后来，居住在郡城里的土生蕃客，已有数万人。今天，那些丁、郭、马、金诸姓回族，他们的祖先，就是来自阿拉伯的穆斯林。散落在城里的基督教礼拜堂和清真寺，分别安抚那些异乡人的心，至于穆斯林墓地，则可以收留不能回家的亡魂。

刺桐，渐渐地成了异乡人的家，关于遥远的故乡的记忆，早已迷失在刺桐花的气息里，只剩下香料醉人的芬芳和珍珠玳瑁温润的触觉牵引着财富的梦想。他们与当地人一样繁衍生息，集族而居，为官为贾，或者做一个平常人，看刺桐花开花落，听大海潮涨潮落。

自宋代开始市舶司每年要在九日山举行祈风仪式。有时一年一次，有时一年两次。时间分别为阳历夏四月或冬十月、十一月。当年，出入泉州港的番舶船队，夏季御风西南来，冬季迎东北风而去，一年两度熙熙攘攘。作为正式的官方活动，祈风当日“车马之迹盈其庭，水陆之物充其俎”。郡守或者舶司官员出席典礼，人们用丰富的奉献，祈求国泰民安、祈求财源广收。

南宋泉州太守真德秀在其祈风祝文中说“惟泉为州，所持以足公私之用者，番舶也。番舶之至时与不时者，风也。而欲使风之从律而不愆期者，神也。”

在蒸汽时代到来前，自然规律左右贸易周期变化。在一个季风期里，商人们顺着风航行到他们想去的地方，然后待下来，或者继续顺着风势从一个港口抵达下一个港口。他们抛售家乡的商品，然后买回他们想要的东西，在下一个季风来临时回家。中国人用这种方法到达阿拉伯、波斯，那地方的人也用一样的办法来到中国。在中国与波斯、阿拉伯之间，亚洲海岸线的一些港口像马六甲、印度西部港市苏拉特或者阿曼首府马斯喀特，在接踵而来的商人们的包围中兴起了。

季风影响航行的时间、资金周转周朝、经营成本及商品价格，最终决定港口兴衰。在人类还没有找到更好的办法控制自然之前，祈求自然护佑被认为是最明智的事情。祈风仪式由民间走向官方，与其说是官府亲民的结果，不如说海洋贸易商人以税赋方式向国家管理支出买单使然。

祈风由民间活动演变为兼具商业功能的官方活动，与宋代“开洋裕国”国策是密切相关的。在兵事屡起、财政不支的情况下，朝廷知道，财富也可以来自海上。宋高宗是历史上一个关心臣民买卖的皇帝，他认为市舶贸易的收入是常赋之外的另一项重要收入，要求市舶司经常向他报告情况。他认为“市舶之利最厚，若措置合宜，所得动以百万计，岂不胜取之于民”。他的半壁江山，依靠海洋贸易支撑了一百多年，这使宋朝竟然成为一个长寿的朝代。

在一个以农业文明占绝对主导地位的国度，君主对海洋贸易的开明态度是时势造就的整个统治阶段意识形态的变化最终影响基本国策的制定。海洋以巨大的物质潜能支撑一个文弱的朝廷，并让它分享中国历史文化最灿烂的荣光。

官方主办的祈风典礼，凸显国家财政对海洋贸易活动的倚重。当外国使节和有功于海洋贸易的商人被授予各种荣誉性官衔，甚至出任实职，如那些累世蒙承皇恩的世家子弟赐公服履笏的时候，充满自信的海洋商人阶层崛起了。

阿拉伯血统的蒲氏家族在泉州显达 130 年，以一家族之力影响一个港口的兴衰，正是当时社会现实生活的一种反映。

蒲氏家族世代从事海外贸易，熟知海外风情。这个家族在第 7 代蒲寿庚时期达到鼎盛阶段，成为宋元交替之际的风云人物。在宋季三十年里，蒲氏“致产巨万，家僮数千”，“岁一千万而五其息”。景炎年间，张世杰一次取蒲寿庚货舶四百艘，充实南宋舰队。总吨位至少 4 万 ~ 8 万吨。

蒲氏的财富与威望无人能及，他的贸易对象——南海蛮夷诸国莫不畏服。德祐年间，蒲寿庚官至福建安抚沿海都制置使，景炎年（1276 年）任福建广东招抚使兼主市舶，掌握军事、民政和市舶大权，雄厚的海上实力与巨大的权力结合，使他拥有可以左右区域局势的力量并成为宋元交际两大阵营积极争取的人物。

蒲寿庚在南宋小朝廷枯灯将灭时选择降元，在保全家族基业时无疑也保全了泉州这个中国最大港口不废于战火并使它在进入元代后发展成马可·波罗见到的世界第一大港，就历史发展而言，这样的选择可认为是明智的。而元朝统治者以一马背民族入主中原，继续重视海洋贸易并倚重蒲氏家族，无疑也是有远见的。蒙古铁骑已经横扫亚欧，但南方海洋对他们来说还是个陌生之地，如何使用这支强大的海上力量取决于他们的视野和雄心，而蒲氏家庭也以自己的行动证明朝廷的判断的正确性。随后元政府对东南诸藩国几次重大诏谕活动都从泉州港远航，并且由泉州当局负责及蒲氏集团成员参加，有学者认为，正因为蒲寿庚与海外诸国的特殊关系，起到实际筹划者和组织者的作用。

诏谕活动打开了元代泉州港海外交通贸易以至中国与南海诸国关系新局面，南宋赵汝适《诸蕃志》记载的与中国有贸易往来的国家和地区为 40 个，而元代汪大渊的影响《岛夷志略》所记述的国家和地区为 90 多个。相对于宋朝，蒙元拥有更加宽广的视野。

元代学者吴澄说："泉，七闽之都会也，番货远物、异宝珍玩之渊薮，殊方别异，富商巨贾之窟宅，号为天下最。"庄弥郡，一个蒲寿庚同时代人这样描述泉州港："泉本海隅偏藩，世祖皇帝混一区宇，梯航万国，此其都会，始为东南巨镇，或建省，或立宣慰司，所以重其镇之，一城要地，莫盛于南关。四海舶商，诸番琛贡，皆于是乎集。"有学者认为，元代泉州海洋贸易量是宋代十倍以上。

宋元鼎革之际，蒲氏家族以市舶之利达到发展巅峰。蒲寿庚先后任昭勇大将军、闽广都督兵马招讨使、江西行省参知政事、泉州行省左丞、江淮行省丞……

一个港口的兴衰与一个家族的命运如此密切关联，绝不是历史偶然。一个阿拉伯裔商人的审时度势造就一个港口的持续发展并维持了族运的久长不衰，正是一个多元文化打造的国际化都市最好写照。

实际上，刺桐港，正是在福建商人与阿拉伯商人共同构建的太平洋——印度洋贸易体系时脱颖而出的。在阿拉伯文化与华夏文化的早期对碰中，刺桐，这座欧洲人马可·波罗和阿拉伯人伊本·白图泰眼中的伟大城市迅速积累财富并完成自己我超越。

三　月港崛起·光荣与梦想

对于中国的航海史而言，漳州月港的历史并不算长，从15世纪中叶出人意料的崛起，到17世纪前半叶的急剧衰落，前后不到200年。但是，在地理大发现的年代，它的存在，却深刻地影响着世界贸易的格局，它辉煌而多舛的命运，也由此充满传奇。

月港传奇可以从一张古海图说起。这是一张富于传奇色彩的中国古地图，收藏于英国牛津大学鲍德林图书馆（BodleianLibrary），沉睡350年后，被重新发现，并由此改写中国地图史。这是中国第一张具有现实指导意义的中国古代航海总图。

2008年，英国牛津大学鲍德林图书馆在清理馆藏时，意外发现了一幅古老的中国航海图，这幅绘制于16世纪末到17世纪初的中国明代绢本彩绘地图，大约在1654年被在英国议会负责海外贸易事务的律师约翰·雪尔登（JohnSelden）从英国东印度公司收购，5年后，由他捐赠给英国牛津大学鲍德林图书馆。此图原本没有名字，按传统习惯，以收藏者雪尔登作为图名。由于这样的命名无法准确表述它的内容，中国学者在经过研究后，确认它的成图时间应为明万历年间，即月港开市迎来海外贸易鼎盛的那个时期，因此将这幅地图命名为《明东西洋航海图》。

《明东西洋航海图》长158厘米，宽96厘米，绘制地域北起西伯利亚，南至印度尼西亚爪哇岛和马鲁古群岛，东达北部的日本群岛和南部的菲律宾群岛，西抵缅甸和南印度。图中标识22条航线，最远处到达忽鲁谟斯，即今天波斯湾霍尔木兹岛；阿丹，即今天红海口亚丁；法儿国，即今天阿拉伯半岛东南岸阿曼的佐法儿，也用文字做了特别说明。

它们的始发地是漳州月港。

这幅海图的专业性和精确性令人刮目相看。这是中国第一幅标出罗盘与比例尺的古代航海图，第一幅实测式的远洋实用航海图，第一幅准确表现中国与东南亚地区关系的海图，也是第一幅明确绘出南海四岛和澎、台准确位置与基本图形的海图，其实用性和对远洋航行的意义不亚于《郑和航海图》。

中国现存的其他古代地图，均为“写意”风格，而此图带有明显的西方现代制图理念，图上绘有中国与周边国家陆地与海洋概貌，对航海所途经海区的各类地形、地貌如城镇、山峰、河流、岛礁、峡门和植被等，都用不同色彩和图案进行明确标识，并罕见地在上方标出罗盘及比例尺，专家认为，它兼具东西方古代航海图绘制技术，是迄今为止发现的第一幅古代中国航海总图，其精确度达到前所未有的水平。

一种开放的心态隐约在图里。在中国古代世界地图上，天朝大国亘定于世界中央，海外诸夷，散落在四周，这种偏离地理实际的官方绘图法一直沿用到清朝。而这幅图，则真实描述东西洋国家与中国的地理关系，中国与东南亚国家按自己的实际融为一体，已经十分接近现代世界地图。

在此前的中国古海图上，曾经不同程度地绘出台湾岛，但形状不准确，也没能表现出它与福建的对应位置，更没描绘出台湾与澎湖的对应位置。而这幅海图漳州东南方向，明确绘出澎湖列岛位置并标注为“彭”，澎湖之东又准确绘出台湾本岛，并以明代台湾古地名“北港”和“加里林”加以标注，南海诸岛亦在图中出现，标注为“万里石塘”、“万里长沙”。而琉球航线从月港出发经福州过钓鱼岛可抵那霸。

这幅海图传递出的另一条信息，或可理解为东西方航海势力在亚洲水域力量消长的状况，在印尼马鲁古（图中为万老高）群岛处标有“红毛住，化人住”。“红毛”即荷兰人，“化人”即佛朗机人，也就是葡萄牙人，暗合这个时段荷兰人与葡萄牙人在马鲁古群岛的博弈。而十三四世纪漳泉商船扬帆奋进的印度至西亚航线，如忽鲁谟斯、阿丹、法儿国，只将名字注在图上，或许反映了西方航海势力东进亚洲水域后漳州商船在印度洋航迹渐稀的情形。

今天，我们已经无法知晓，是谁，在4个世纪以前，作了这幅地图，但我们知道，在一个造梦年代，一座航海城市的雄心以及无数尘封的故事，将因为这幅地图显示出不凡意义。

月港出现在世界历史舞台与大航海时代的来临几乎同步。

15世纪，新航路被发现，西方航海势力东进对接亚洲商人网络，东西方文明交汇于太平洋，世界经济互动开始超越传统模式而具有全球意义。

在一批批充满冒险精神的航海人的推动下，亚洲的印度、中国和欧洲成为世界范围内最活跃和最繁荣的地区，一系列以国际海洋贸易为中心的新型商港应运而生，葡萄牙的里斯本，是东方香料、非洲象牙和黑奴中转站；意大利的威尼斯和热那亚，成为地中海金融与贸易中心和东西方货物交换集散地；印度的卡里卡特，印度洋西岸最大的贸易港，其货物与马六甲、爪哇、摩鹿加群岛、波斯湾和红海诸国互通；至于中国东南沿海新月地带，涌现出一批商港，月港由此显山水。

月港在恰到好处的时段、恰到好处的地点出现在海洋世界舞台。

东南沿海三个海洋省份构成的新月状地带，月港处在中间。往南与以南澳为中心的闽粤海洋贸易区互动，并与有千年历史的东方大港广州港遥相呼应。往北则是双屿，被中外学家称为“16世纪的上海”，一个集交换、中转、集散功能于一体的世界自由贸易区与之对接；隔海相望的东番，即以后的台湾，直线距离最短98海里，航程一昼夜，是西班牙、荷兰、日本所觊觎的地理坐标。再往南，经过“万里长沙”、“万里石塘”后，大片水域为月港风帆提供一片驰骋的空间，若干年之后，一些大国试图构建的第一岛链，那时只是风光旖旎的一串美丽的珍珠链。

九龙江水道通过月港与大海相接，上源为船场溪，再上源为平和和南靖的山区，下游为漳州平原，漳州府城所在。由漳州府城下行40里，即九龙江出海口月港；九龙江另一上源北溪直上龙岩县，亦为旧日为漳州府辖，其漳平至今仍为闽南方言区。漳平，为延平、汀州分水岭，越过大山，即可进入闽江流域与汀江流域，那里有绵延千年的古商道，福建省内两条重要水道可为之依托，从九龙江流域向南越过博平岭又与韩江流域交汇，这是江南与岭南的接合部，是闽粤两省物产资源充实的腹地。

彼时福建诸港，福州是省会要地；泉州，市舶司所在；厦门尚未兴起，民间海洋贸易受王朝政策挤压而萎缩。

漳州月港，虽无福州、泉州港的悠久，无厦门港的水深，出海时需数条小船牵引前行，一潮至圭屿，一潮至厦门，貌似不利的位置，却恰恰成为它崛起的要素。

月港因“官司隔远，威命不到”，而民风强悍，是王朝统治的薄弱地带。附近海岸曲折蜿蜒，港汊交错，外有便捷的交通，内有复杂的地形，如此隐藏使海洋贸易进行了三十年。在中国海洋政策不利于民间贸易的情况下，月港已经成为中国海洋贸易中心和世界自由贸易港，这是中国东南沿海“海禁”政策松动的一个关键环节。

实际上，早在宋代，九龙江口的海口镇（今厦门海沧一带）已成为月港的附属港口。北宋政府在这里设“场务”，收“海道商税”，开始介入这一区域的海洋贸易管理。漳州水手、商人奔走在东南亚、南亚、西亚航线上，绍兴年间漳州知州廖刚曾这样描绘漳州商船随信风出航的情形："冬南夏北，未尝逆施，是以舟行平稳，少有疏虞，风色既顺，一日千里不曾为难。"冬夏，正是漳州商船随信风启航的时节。

元代，漳州航运持续发展。1293年忽必烈征爪哇、安南、暹罗，漳州水手一路同行。至正二十二年间（1363年），漳州右丞罗良遣僚佐具舟由海道运粮抵辽东。航船从太武出发北上，最终抵达渤海湾。

明代，郑和下西洋，他的随从马欢在《瀛涯胜览》中记录，在爪哇、苏门答腊，已有广东、漳州移民，其数量可观，在杜坂一带，人口约千家。

宋元时期宽松的海洋政策带来漳州海洋经济的发展，无疑为明代中后期月港的发展创造了条件。入明，泉州刺桐这个在马可·波罗看来远胜亚历山大港的东方巨港因为海禁，也因为港口淤塞而走向衰落，漳州走向前台，成为中国东南海洋贸易中心。

明景泰年间（1436～1456年），月港开始出现民间海洋贸易商船的身影，成弘之际（1465～1505年），"民间造违式海舶，私鬻诸番"（《漳州府志》）。正德十六年（1521年），广东方面驱逐葡萄牙出屯门，并阻绝安南、满剌加诸番舶。一时间，各国商船在漳泉人的带领下，皆往漳州府海面，私自驻扎。此时，迫于海上压力的浯屿水寨驻军内迁中左所，漳州出海门户，随之洞开，几乎处于无人监管状态。旧日守军驻地，因为处于漳泉之间，孤悬海中，水道四通，竟成为海商云集之处。嘉靖年间，到广州贸易的外国商人"欲避欲避抽税，省陆运，也由福建人（漳泉人）导之改泊海沧、月港"。（明《筹海图编》）各国商船在诏安走马溪、龙溪浯屿泊船，月港出货，海沧候风，金门接济，游弋于安海、崇武等处贸易。嘉靖二十三年（1544年）的龙溪籍进士谢彬描绘了月港从前的情形，那些违禁私造的双桅大船，不下一二百艘，日本、暹罗、彭亨诸夷，无所不至。

《顺风相送》，一本抄自15世纪古本的针路抄本，在16世纪被广泛使用。这本书记录了月港开市前自其门户浯屿、太武出发，往西洋针路7条，包括浯屿——柬埔寨、浯屿——大泥（马来西亚patani）、吉兰丹（马来西亚KotaBaru）、太武——彭亨（马来西亚彭亨州北干Peken）、浯屿——杜坂（印尼东爪哇厨闽Tuban）、浯屿——杜蛮（杜坂）、饶潼（毗邻杜坂）、太武、浯屿——诸葛担篮（印尼加里曼丹岛苏加丹那）等。往东洋针路3条，太武——吕宋、浯屿——麻里吕（菲律宾马尼拉北部Marilao）、太武——琉球。另有福州五虎门经太武、浯屿往西洋针路2条，与马六甲以东传统的东亚贸易网络基本重合。

月港，成为闽南一大都会和著名港市，号称一方巨镇。店肆鳞次栉比，商贾云集，称“小苏杭”。其时月港人口数万家，后来成为国际金融中心的伦敦也不过如此规模，而国际化大都市荷兰的阿姆斯特丹和西班牙的塞维利亚还未达到这个水平。月港的外港中左所（厦门）达3000户，也让西班牙人叹为观止。

在海洋利益驱动下，九龙江海湾地区、诏安湾地区出现了农业经济向海洋经济转型的社会特征。

《东西洋考·小引》这样描述：“澄，水国也，农贾杂半，走洋如适市，朝夕之皆海供，酬酢之皆夷产……殊足异也。”

《海澄县志》说：“饶心计者，视波涛为阡陌，倚帆樯为耒耜。盖富家以财，贫人以躯，输中华之产，驰异域之邦，易其方物，利可十倍。故民乐轻生，鼓枻相续，亦既习惯，谓生涯无逾此耳。”人们驾巨舟，运轻帆，挟番货，扬旗出入，飞枪机铳，行于无涯，时人莫敢侵凌。而中等人家，一旦交通岛夷，转瞬之间，已成巨富。

巨大的海洋利润影响人们对商业的态度，商船满载而归，邻人争相称贺，皆云“做客回”。生活在月港的三尺童子也知道，种地并不是件特别出息的事情，浯屿，才是衣食父母。那些巨石和彩绘打造的豪宅，住着一群不事耕作和蚕织的男女，他们享用人间美味，穿着华丽的衣衫，出入有童仆相随。这一切的来源，除了通番接济，还能是什么？

海洋经济创造了与农耕社会不同的东南沿海海洋社会。

来自海滨的士大夫谢彬用诗一般的语言描绘那时盛况，“（月港）乃海陆之要冲，实东南之门户，当其盛，则云帆烟楫辐辏于江皋，市肆街廛，星罗于岸畔。商贾来吴会之遥，货物萃华夏之美。珠玑象犀，家阗而户溢。鱼盐粟米，泉涌而川流”（谢彬，《邓公抚澄绩政碑》，《海澄县志》）。

月港的生活，充满了世俗的气息，每到风回帆转，洋船满载而归，家家歌舞赛神，钟鼓管弦，连飚响答，十方巨贾，竞鹭争驰，真乃繁华地界。

这是月港开市的前夜，繁华若梦，东亚海洋社会经济圈的核心正在浮出水面，一个新的时代徐徐降临。

这是属于月港的时代，光荣与梦想、机遇与风险交织的黄金时代，正如美国历史人类学家施坚雅 (G.WilliamSkinner) 所言，中国东南区域进入漳州发展周期。

四　厦门湾啊厦门湾

1650 年，对厦门来讲是一个非同寻常的年份，这一年，郑成功占领九龙江出海口处的这个城市，并把它作为反清复明的基地，厦门港迅速发展成中国东南沿海重要港口和海外交通中心。

作为一名精明的商人和有战略眼光的军事领袖，郑成功对厦门岛有充分的了解。在闽南海域中，厦门岛是泉州与漳州接合部。厦门湾是中国东南沿海地区海洋地理条件最好的港湾，有广阔的港域，航道水深，又有鼓浪屿作为屏障，可避大风，是一个天然良港。

事实上，他的父亲郑芝龙早就把厦门港作为敛集财源积蓄军力的战略据点，发生在1633年的金门料罗湾海域，是中国航海势力与西方航海势力第一次大规模的海上军事较量，战争以荷兰人在亚洲水域的海上霸权被摧毁告终，郑芝龙从漳州月港聚集的大型商船被改造成的战船的冲锋破浪发挥了重要作用。郑氏控制世界贸易大港月港及它的外港厦门港的经营权，实际上是控制了亚洲水域的贸易活动。

在福建四大港口中，厦门港崛起历史最短，月港盛荣时，商船出洋均在厦门曾家澳侯风开驾，并接受中左所盘查。月港衰落后，中国海上交通中心已由海澄移至厦门，厦门成为体现郑成功政治与商贸理想的新兴港市。

郑成功占领厦门后，将中左所改称思明州，以军事化的方式组织商业网络。用30年时间，将她打造成一个相当规模的军港与商港。他以厦门为中心，凭借雄厚的海洋影响力，确立自己作为中国海上王者的地位。

与郑成功同时代的马尼拉主教金提尼，在其著作《在华多明各会传教士实录》中称“国姓爷成为整个中国的海上统治者和主人。沿海各地的城市和乡村都奉国姓为父母官，并向国姓爷庞大的舰队提供补给。国姓爷从厦门派遣他的船只寻求必要的援助，劫掠和抢夺任何敢于抵抗和不提供所求的地区。征服整个大陆地区的鞑靼人没有能力来保护他们，而国姓爷则完全有权利在沿海地区及海上称王”。

这个时候，郑成功达到其荣誉和权力的顶峰。那些在亚洲水域活动的人都把他看成海上的君主和统治者。在中国从未有过如此众多和庞大的舰队。根据李科罗（PadreVittorioRicci）神父亲眼所见的记载，仅在厦门水域配备的水师就由多达13000只帆船组成，成千上万分布在整个沿海线上的其他船只听命于这个帝国，并为他的水师提供补给。

意大利人白蒂在《远东国际舞台上的风云人物——郑成功》中记载："国姓爷是鞑靼人不共戴天的敌人，他将其总部设在厦门岛，并在此开府。许多英勇的爱国者齐聚于此，并出现一个新奇的城市，叫思明，一个怀念旧主的城市，因为这个旧主是正统君主。在很短时间里，这个城市就有好几万居民，并且成为贸易活动中心和首都。"

一个目光远大的商人凭借智慧与实力整合中国海上力量并赋予它政治使命，塑造了厦门港与众不同的魅力。而"思明"，那个刻着郑成功的政治理想的名字作为一座美丽的国际化城市的印记被留在人们的日常生活中。

郑氏集团生存与发展的基础是海洋商业活动，它所代表的中国东南海洋社会与古希腊、迦太基以及同时代的荷兰人、英国人极为相似。

郑氏集团的这个"商业帝国"的财源主要来自"海陆十大商"。他们在杭州以"金、木、水、火、土"陆五商负责采购丝绸、瓷器等出口商品，运抵厦门。在厦门设"仁、义、礼、智、信"海五商，负责出口分销。海五商每一个字号下配备12艘商船，与葡萄牙、西班牙、荷兰、英国等国家贸易。这些贸易收入大约每年250万白银。这个跨国企业所拥有的组织严密的商业网络，后来成为遍布东南沿海及东南亚福建人商业网络的重要组成部分影响当地局势，至今如此。

向亚洲水域航行的船只征收管理费，是郑氏政权的另一项重要收入。郑氏集团凭借雄厚的军事实力，控制大部分华商的海上贸易活动，在领取郑氏牌照后，无数的商船在他们的保护下进行贸易。据称仅此一项郑氏一年即有上百万两白银收入，其中有"海上马车夫"之称的荷兰人每年向他们纳贡12万法郎。这些钱，并维持一支十五万人左右的常备军。飘着大明旗号的郑氏舰队载着昂贵的英国利物浦制造的火炮喷射着火光，将击碎欧洲人对这片水域的最初梦想。

17世纪东亚水域，分化重组，诸雄并起，其间蕴含无限的商机。各国在亚洲建立贸易据点，试图垄断对中国的贸易。对远东水域的争夺，实际上是对全球贸易制高点的控制。郑氏集团以厦门为基地，造船、练兵、贸易，努力打造集政治、军事、外贸于一体的“商业帝国”，夺取中国海洋贸易的话语权，抗衡西方船海势力，有时他们还向南中国海上一些国家的君主提供保护，当然那只限于商业层面。厦门港在眼花缭乱中走向繁荣。鼓浪屿郑氏水军营寨猎猎旗风，见证海上王者的雄心。

郑氏集团军事与经济实力的壮大，意味着与企图建立远东水域贸易霸权的荷兰人最终摊牌。1661年，郑成功率领两万五千将士从厦门对岸金门料罗湾出发，夺取被荷兰人占领的台湾。这是福建航海势力与西方航海势力海上较量的一个关键性节点，荷兰人在丢失其远东最重要的战略据点后走向衰落。台湾，欧洲人眼中的美丽岛，从此成了挥之不去的幻象，只能远望、叹息、怀想。郑氏集团所主导的华商网络势力走向巅峰状态，台湾由此成为反清复明的重要基地。当大清王朝控制中国绝大部分土地，从寒冷的东北和彩云之南。唯有台湾的郑氏政权依靠海洋贸易积蓄实力与之叫板。

再过22年，导致郑氏集团覆灭的另一场跨海作战，厦门港仍然是打造战舰的基地和指挥中心。郑氏集团覆灭的真正原因是大清王朝切断他们与中国大陆的经济联系，在失去所有郑氏在大陆贸易据点特别是厦门后，危机到来了。

郑氏集团覆灭意味着福建商人独步海洋贸易的局面不复存在，然而福建商人仍然依托厦门港和东南亚华商网络长期主导中国海外贸易。

清朝统一台湾后的第二年（1684年），康熙皇帝开放闽、粤、浙、江四海关，厦门是福建唯一开放的口岸，所有闽南商人前往海外贸易都须以厦门出海。似乎延续月港惯例，厦门享有独立发舶南洋的特权，而广州则作为外国商船来华贸易之地，这种状况一直到清中期才改变。

厦门港成为又一个中国海上的零公里处。事实上，早在月港繁盛时，按《顺风相送》、《指南正法》记载，以厦门湾内的厦门岛、太武山、浯屿、大担为起点的海外航线已达十几条。

法国人老尼克的描述中，厦门在开埠前后，在中华帝国和东南亚的地位不再模棱两可："这是一优秀的良港，船只的装载和卸运极为方便，甚至可将货物直接送达家门口。港内完全避风，进出港安全无险。这些优势使这座城市成为中国最大的货物集散地之一，也使厦门人成为最勇敢的水手，最义无反顾的侨民。他们的家乡土地贫瘠，几乎颗粒不收，但他从台湾岛获得给养。帝国的其它地区都因这个或那个理由而求助于厦门的富商。他们的戎克船多达300艘，一日不停地来来往往，运送侨民前往台湾，带回大量的大米，或者驱船北上，向帝国的其它城市供应糖和茶叶。厦门侨民的归乡意识尤为强烈。不论他们飘荡到哪个地方，交趾交那或日本，暹罗或就在天朝帝国的内陆，只要有点积蓄，他们就会返回家里，花光微薄的财产，然后再出发，重新挣钱赚钱。"（《开放的中华——一个番鬼在大清国》）

1832年，即鸦片战争爆发前8年，英国东印度公司派出广州商馆职员林赛和德籍传教士郭士立沿闽、浙沿海收集商业军事情报。

郭士立在《1831 ~ 1833年在中国沿海的三次航行记》中描述："由于港口优良，厦门早就成为中华帝国最大的商业中心之一，又是亚洲最大的市场之一。"他认为："不论就它的位置，财富或者出口原料来说，无疑是欧洲人前来贸易的最好港口之一。"

英国人把厦门视作其远东贸易网络的重要据点，1670年，英国东印度公司在郑氏集团时代已派商船“万丹”号抵达厦门寻求贸易机会。1676年，他们在厦门设立商馆，1678年，英国厦门商馆成为中国的总商馆。1689年，3艘英国船和4艘荷兰船抵达厦门。船上的人上岸后争相抢购白丝、绸缎和白糖。

厦门港获得的另一次历史性机遇是在1684～1784年，这100年时间里，厦门是大陆与台湾对渡的唯一港口，当年从这里登船的有巡视台湾的督抚、将军，也有拓垦荒岛的几十万平民。商船向那里运送丝绸、瓷器、烟、纸与各类生活用品，从那里来运回蔗糖、大米、樟脑、鹿皮等特产。两岸对渡直航，无疑为台湾高速形成汉化社会打下基础。台厦兵备道，隶属于福建总督府督察台厦事务的职官，一年驻厦门，一年驻台湾。从康熙二十三年（1684）起，前后43年，专门调动两岸物资对渡。此时，台郡与厦门，如鸟之两翼，难分彼此。当地土俗谓厦即台，台即厦，这种说法，印证了厦台之间彼此唇齿的关系。而从1684～1895年这200年时间里，厦门港起到两岸经济共同体的纽带作用。雍正年间，郊商，一种专门经营台湾与大陆之间商贸往来的闽南商贸团体出现，人们延续郑成功时代的商业氛围，将台南打造成最早的台湾商业中心，并进而推进台湾经济格局的变化。

如同明代后期漳州月港确定为中国唯一允许商人出海贸易的港口造就月港发展机遇一样，曾经作为月港外港的厦门港在清初被定为往南洋贸易发船地。无疑使厦门港占领了海外贸易与移民的先机。从厦门出发的闽南商人，充斥东南亚诸港，包括葛拉巴、三宝垄、实力、马辰、哧仔、暹罗、柔佛、六昆、宋居唠、丁家户、宿务、苏禄、柬埔寨、安南、吕宋。国际性港口地位使厦门成为海外移民主要口岸。

厦门开埠前夕，存在300年的黑奴贸易先后在欧洲国家废止，支撑殖民地经济的黑人奴隶劳动力资源枯竭。与此同时，东南亚、美洲、澳洲的甘蔗、橡胶种植园经济兴起，加剧世界性劳动资源的渴求，由此导致全球性移民潮。在华南地区特别是通商口岸，人口大量增加以及经济破产导致人口海外迁移成为一股汹涌的潮流。厦门在这一时期，成为世界上最重要的华工输出港口。150 年前，从这里出发，契约华工启航前往法属殖民地非洲的南尔邦岛，澳大利亚的英属殖民地悉尼、西属殖民地古巴……1890 年，通过厦门港福建移民与南亚人数累计 30 多万人，1890 ~ 1930 年，40 年间，福建南部移民人数达 136 万人。在遥远的异城，等待他们的是沉甸甸的希望和莫测的命运。

鼓浪屿海滨大德浴场，旧日契约劳工的中介——大德洋行所在，碧海蓝天，宁静安详，无数劳工苍凉的回望成为沙滩永恒的记忆。

随着东南亚华人移民社区迅速扩张，使以福建人为主体的华商网络在海外拥有日益扩大的服务对象与所需的人力补充，海外华人社区日益成为华商网络的市场、资源和商品生产及加工地，依靠华商与移民的良性互动，华人商业网络从商贸向产业，从沿海向内陆渗透，依靠闽南新移民群体，福建商人主导东南亚华商网络，荷属巴达维亚、马来亚、菲律宾、越南金边，那些商业发达的地区到处活动着闽南商人的身影，从普通商人到陈嘉庚这样的商业巨擘。

于是一种新的现象出现了，在中国白银随鸦片输入而大量外流的时候，这些海外移民用辛勤经营，造成某种程度的白银回流。“天一信局”——总部设在距厦门仅一小时水程的漳州流传村的跨国信局，鼎盛时期仅资金流量一年就有 1500 万银元。

厦门开埠后，英国、美国、德国、奥地利、西班牙、荷兰、瑞典、挪威、葡萄牙、日本商人先后接踵而来，他们将在这里从事与海峡殖民地、菲律宾群岛、印度尼西亚群岛、泰国、越南、澳大利亚、印度及与台湾、宁波、上海、天津、烟台、汕头、广州之间的贸易。

今天，鼓浪屿仍然沐浴着亚热带日光，那些隐现在绿荫里旧领事馆，仿佛还响着异乡人纷纷上岸时的履声，而旧日的时光则随着一声声的汽笛层层叠叠地浮现在行人如织的码头……

从郑成功时代开始到清朝开海贸易初时，厦门海上贸易繁盛程度在广州之上，直到18世纪中期，从厦门出发的船只，还大大多于广州，尽管当年广州在中国的经济、政治格局中地位远超厦门。

一个当年在这里生活过的外国商人说道："中国没有一个地方像厦门那样聚集了许多有钱能干的商人，他们分散在中国沿海各地，并且在东印度群岛的许多地方开设商号。被人称为'青头船'的帆船，大多数是厦门商人的船……"

《厦门志》记载："服贾者以贩海为利弊，视汪洋巨浸如衽席，北至宁波、上海、天津、锦州，南至粤东，东渡台湾，一岁往返数次。外至吕宋、苏禄、实力、葛拉巴，冬去夏回，一年一次。初则获利数倍数十倍不等，故有倾产造船者，然骤富骤贫，容易起落，舵水手等籍此为活计者以万计。"

厦门港成为闻名遐迩的国际性港口城市。19世纪70年代，每年进出厦门港的船舶超过1000艘，总吨位40万吨；1881年，进出口船舶1640艘，总吨位100万吨；到1911年，即大清帝国被推翻这一年，进出港口总吨位达212万吨，厦门港进入轮船时代。

再往后，厦门港已经成为我国沿海主要港口之一，是我国综合运输体系的重要枢纽、集装箱运输干线港、东南沿海的区域性枢纽港口和对台航运主要口岸。

2006年1月1日，原属厦门、漳州、招商局漳州开发区在厦门湾内的8个港区合并，形成新的厦门港。厦门港以一种新的态势呈现在

21 世纪。

从九龙江出海口的渔村到军港、商港到国际贸易港口，再到大海湾经济形成，厦门港的身世让人一唱三叹。在近代以来的闽南，无数家庭的生活与那个港有关，人们渡台、过番，衣锦还乡或者长留异域，那个港，都是记忆里不能绕过的细节。

如果未来值得遐想，这个遐想应该留给厦门湾。

隆庆元年之后的那些事儿

那一年，是世界历史的拐点。

在此之前半个世纪，西方航海图开始出现一个叫“漳州”（Chincheo）的地方，那些刚刚与东方接触的航海人有时也把福建沿海叫“漳州”。因为这个区域有一个叫这个名字的城市，有时他们甚至十分笼统地把这个城市所属的福建省也称作漳州。因为这个地方有一个商业活动十分活跃的口岸——月港。这里是繁华之地，来自世界各国的商船汇集这里，为财富和梦想争相角逐。

在月港出现在海洋世界舞台时，南中国海风云变幻。中国东南沿海航海势力，以漳州海商为主体走到前台，欧洲航海势力葡萄牙与西班牙先后东进亚洲水域，同时日本航海势力扬帆南下。东西方海洋文明交汇于太平洋，使烟波浩渺的洋面充满机遇与风险。

一　隆庆元年

隆庆元年（1567 年），明政府在月港开放“洋市”，允许商人从这里往东西洋进行海洋贸易，月港成为当时中国唯一合法的商人出海贸易港口。

在此之前，民间海洋贸易已在这里隐蔽进行了 30 年。

此时月港，扼帝国财富咽喉，呼风唤雨，漳州海商——那些帝国海军追缉的走私商人突然合法地掌握中国对外贸易主动权，坐拥财富与梦想。

这是时局改变命运的时代，突然发生，却并非毫无预兆。开放的视野仿佛让月港存在于另一个地点、另一个时间，那是另一个世界，海洋的世界。

1571 年，即月港开市后第四年，西班牙占领吕宋。一条由漳州月港联结吕宋（马尼拉）到达墨西哥的阿卡普尔科的大帆船航线由此形成，中国主导的东亚海洋世界经济圈和拉丁美洲经济圈迎面交汇，月港时代来临了。

今天，九龙江口那些宁静的港区，四个世纪前是全球贸易的节点。每年进出月港的大型商船，数十至数百不等。商船大则三四丈宽，十余丈长，载重 200 ~ 800 吨，船员六七十人，相当于一支 700 ~ 2600 头骆驼的商队，穿行在漫漫黄沙间。商船于每年风汛期出发，次年或第三年乘南风归航，九、十月间修理，做再次远航的准备，周而复始。

催动商船不知疲倦地在南中国海航行的，除了无畏的水手，就是“子母钱”，一种流行于月港的古老信贷，类似地中海银业家们为商人提供商业服务。高额的利息，唯有海洋冒险的丰厚回报能与之匹配。契约合同，确保交易成功。而股份制分担航海风险。

月港开放洋市之后，差不多 60 年的时间里，中华物产从月港源源不断地流往世界各地。同时，东南亚的香料、南美与日本的白银、美洲的物种、非洲的象牙犀角，也经月港进入中国。月港成为全球货物的重要集散地。

对未来，这意味着什么？

二　闽南人的商业世界

《东西洋考》勾勒出闽南人的商业世界。

1617年，即万历四十五年，一本由漳州官方主持的通商指南《东西洋考》正式刊行。

这本书的作者是龙溪举人张燮，邀请做这事的是海澄县令陶镕和漳州府督饷别驾王起宗，内容涉及明代后期海外贸易和交通历史、地理、经济以及航海方面的知识。今天，我们研究中外关系史、经济史、航海史、华侨史时，这是一份绕不过的资料。

现在看来，它便像一部漳州视角的世界通商指南，详细地向人们展示了明代漳州海上商业版图，那些海上传奇的起点是月港。它的出现，显示中国海洋贸易中心转移到漳州这一历史性变化。

此时，距月港开放洋市，正好半个世纪。那个港市，成熟、富裕，散发出纵乐的气息。南方海洋向它开放，那是它的眼界视野和财源，没有航海经历的张燮，向世人展示海洋世界广阔的前景。

在中国，人们以概念而非地理特征，把朝贡贸易划分为两个区域，即东洋和西洋。在月港时期，文莱是这两块区域的分界。

东洋包括吕宋、苏禄、猫里务、网中礁老、沙瑶、呐哔啴、计王隘、美洛居、文莱等10个国家和地区，其范围大概在今天菲律宾岛、马鲁古群岛、苏禄群岛以及北婆罗洲一带。西洋包括交趾、占城、暹罗、六坤、下港、加留吧、柬埔寨、大泥、吉兰丹、旧港、詹卑、马六甲、亚齐、彭亨、柔佛、丁基宜、思吉港、文郎马神、迟闷19个国家和地区，其范围大概在今天的中南半岛、马来半岛、苏门答腊、爪哇以及南婆罗洲一带。这是月港商船的主要活动范围，日本及东番（台湾）亦有为数不等的商船前往。

这就是闽南人的商业世界，是视野、胸襟，是闽南人的精神世界。

在欧洲人来到亚洲水域之前，闽南海商、水手已在这儿航行了数个世纪。大明王朝最初采取限制对外贸易政策，任何与中国的贸易活动只能以朝贡名义进行，无形中使琉球、吕宋、暹罗、满剌加、万丹等离岸贸易中心地位凸显出来。下西洋行动止于 1433 年，而后月港开市，闽南商人顺理成章地承袭传统的朝贡贸易网络。欧洲人到达亚洲与这片区域的亚洲商人对接，夺取这些贸易中心的控制权，最终控制亚洲贸易。一些国家或港市因此成为中国商品的海外集散地，依靠航线上的贸易据点，打造了一张可靠的商业网络。

吕宋，成为这张网络的节点。这个节点，在全球贸易中至关重要。

吕宋是菲律宾群岛政治经济中心，也是漳州最重要的贸易国家。因为离漳州最近，漳州海商多喜欢往彼处贸易，久住不归，名为压冬，涧内，是他们的聚居地，人数达几万人，多数是海澄人。尽管前往吕宋贸易船的配额每年只有十几艘，但是前往那里的往往达数十艘。《东西洋考》成书时，吕宋已经易社半个世纪。所谓吕宋贸易，是福建人与西班牙人的贸易。

马六甲（满剌加），扼守沟通太平洋与印度洋咽喉的马六甲海峡，是沟通亚、非、欧各国的重要枢纽。满剌加王国与大明王朝有稳定的朝贡贸易关系。成化时，龙溪人邱弘敏来到这里贸易。郑和之前，闽人已经在这里设商馆。郑和下西洋时，五次到达满剌加，这里是郑和的货物贮藏基地。郑和之后，闽南商人大量前往。16 世纪初期，马六甲繁华不亚于地中海城市。这是《东西洋考》描述的航线最远点。

葡萄牙人在 1511 年占领马六甲，他们从那里航向广州，再经漳州往日本，最后从对日贸易中获取巨额利益。这是读《东西洋考》时需要了解的年代背景。

《东西洋考》无意间泄露了亚洲贸易形势正在发生重大变化。7世纪以来阿拉伯与闽南人贸易的互动走向边缘，取而代之的是欧洲人与闽南人主导的亚洲商业网络的对接，中国与世界的关系凸显为中国与西方的关系。张燮未必意识到海洋局势的变化，但是这种变化却投射在他的记录里。

全球贸易的一个节点是印度的古里，即卡里卡特，是郑和下西洋又一重要据点。大明船队到达古里休整后，向北航行直达波斯湾的忽鲁谟斯（霍尔木兹）；或绕阿拉伯半岛祖法儿、阿丹，进入红海直达天方国；或经波斯湾、亚丁湾，沿索马里沿岸到达非洲东岸诸国。唐宋以来，西亚、东南亚香料和非洲的象牙源源不断地通过这条海上商路输入中国。而中国的指南针、造纸术、火药也由阿拉伯人传入欧洲。

此时，她正在淡出。但是这不意味着在印度洋，中国商人已经完全从阿拉伯世界隐退。在《雪儿登地图》里，古里显示为月港航线上的一个贸易据点。从古里出发，用文字标注了正在消失的针路。日本人写的《华夷通商考》卷二“漳州府条”记：“此府人渡海到天竺诸国贸易，因此来长崎等地的天竺国商船，其船主、水手皆漳州人。”

这是个世界贸易版图被改写的时代，变化意味着机遇。

1617年，万历皇帝已经走到他生命的末端，帝国将在不久之后凋零，而张燮的命运似乎和帝国的晚景一样暗淡。写完《东西洋考》以后，他在漳州城南的石室岩一带筑庐读书，消磨岁月的后半段时光，他所有的儿子都在他辞世前辞世，不过，他记录的九龙江口的海洋贸易会一直延续到下个王朝降临。

三　等风来

西班牙人在东南亚最有价值的收获是占领吕宋岛，建立马尼拉城。大明王朝对离自己只有七昼夜距离的藩属的失落貌似无动于衷，但漳州海商意外地获得机会。

在远东的所有港市里，马尼拉在自然和经济地理上无疑是东方贸易的最好的中心点，中国的丝织品和瓷器及来自南方海洋的香料，汇集到这里，然后，再运往美洲殖民地和欧洲。以马尼拉为中心，形成一个巨大的半圆形贸易圈，中国、日本、东印度王国和从马来半岛东南到马鲁古的一系列岛屿的商人，都在这儿贸易。

月港开市使这个港市成为环球贸易的重要一环。中国的瓷器、丝织品大量涌入西班牙世界和欧洲其他地方，新大陆则以新鲜的白银积极回应中国，环球大帆船贸易由此展开。

从 1565 年第一艘大帆船从墨西哥越过太平洋起，到 1815 年最后一艘大帆船到达菲律宾，两个世纪总共有 108 艘大帆船经历这段漫长的航程。

每年二三月，大约有两艘大型帆船从阿卡普尔科出发，沿着巴拿马的纬度向西航行，经过马绍尔群岛、加罗林群岛，到达比萨杨群岛中部的宿雾海峡，一个航程，通常两三个月。随船而来的墨西哥银元在马尼拉赢得懂它的人的心，中国人把它带回家，获利增长三倍。中国货物抵达西班牙世界，获利甚至七倍以上。而由此产生的税收，支撑殖民当局。

回航的大帆船因为运载太多中国货物，以至西班牙人把这种船叫作“中国船”。

大帆船贸易使亚洲东部的海洋社会经济圈和拉丁美洲市场迎面交汇，月港商船每年运载着成千上万的漳州商人跨越那片黄金水域；吕宋（菲律宾）近三万名漳州商人在那里从事贸易活动；马尼拉，大约有一万四千名商人等待季风从中国带来财富的消息；而在更为遥远的墨西哥，大约有一万八千人从事丝织品制造，其原料主要来自漳州。

我们不知道，在那个时候，全球的各个角落，有多少人，在等风来。

四　月港时光

作为全球贸易的重要一环，17 世纪的月港繁华若梦。

月港繁荣时，北方的药材、苏杭的丝绸、四川的蜀锦、顺昌的纸张、武夷的茶叶以及上游外销瓷，源源不断地运抵这儿。它们和来自海外的香料、珠宝、皮货、矿产，一起等待聚散。

月港已经成了国际商品的中转站，输出货物种类繁多，丝绸、布匹、瓷器、砂糖、茶叶、纸张、果品、铁器及文化用品，输入的物品则有 115 种。苏木、象牙、檀香、犀角、沉香，最受青睐。进口香料堆积在月港，“香尘载道，玉屑盈衢”。美洲白银是最受欢迎的舶来品，至于番镜、暹罗孔雀毛、安息香、芦荟、虎皮鹦鹉、大员鹿肉、爪哇燕窝、文莱椰子，显然让日常生活美好。

月港的商品交易迅速打破原产地局限而带有全球意义。

此时的月港，贾肆星列，居民数万家，俨然东南一大都会。周起元在《东南洋考》序中说：“于是五方之贾，熙熙水国，刳艅艎，分市东西路，其捆载珍奇，故异物不足述，而所贸金钱，岁无虑数十万，公私并赖，其殆天子之南库。”月港方珍之物，家贮户藏，而东连日本，西接暹球，南通佛朗、彭亨诸国。

1602年，荷兰东印度公司俘获一艘装有10万件中国青花瓷的葡萄牙商船“圣卡特琳娜号”，在次年阿姆斯特丹拍卖会上，这批青花瓷成了法国亨利四世、英王詹姆斯一世及欧洲权贵争相追逐的目标。由于产地不明，这批构图对称、风格写意的青花瓷被命名为“克拉克瓷”，“克拉克瓷”（Krack）在荷兰语是指葡萄牙军舰。今天，在东亚、西亚、北美、北部非洲、南部非洲沉船考古挖掘中仍然有大量历史遗存。20世纪90年代，“克拉克瓷”最终被证实它的原产地在漳州。

荷兰是中国瓷器的最大客户，因为景德镇的原材料供应陷入危机，也因为窑工与窑主矛盾激化，荷兰东印度公司开始把目光转向漳州，因为这个地方生产能力强劲。

荷兰人最初在巴达维亚、北大年（今泰国境内）、会安（今越南境内）采购中国瓷器，因为大明王朝与他们并无直接贸易关系。后来他们的商船直接抵达漳州河口。

在那里，他们贸易，比如1626年，“希达姆”号商船从巴达维亚启程到达阿姆斯特丹，在它的货物清单里，最重要的一项商品是12814件瓷器，产地全部来自漳州河。

更多的时候，他们劫掠，比如1627年，“德尔夫特”号商船到达自己的家乡荷兰德尔夫特，它带回9440件瓷器，有一部分来自漳州河。那是它攻击一条中国商船的收获。

因为大明王朝拒绝与荷兰建立直接的贸易关系，靠近漳州河口地区意味着战争风险，但是，1632年，“西伯格”号和“格鲁坦布”号还是直接把船开入河口，他们带走的瓷器是4400件。

17世纪最初50年，荷兰东印度公司把300万件中国瓷运到欧洲，另外又有数万件从巴达维亚运到印尼、马来西亚、印度和波斯的一些地方出售。

丝绸是月港贸易的大项。

16 世纪下半叶，漳州织造业进入黄金时期，来自江浙丝织品产区的技术迅速本土化。漳纱、漳绢、漳缎、漳绒、漳绸，因为做工精美，价格昂贵，素为海内外市场推重。漳纱工艺水平与吴中相当，漳绢也是绢类中最好的，漳缎以品种多样著称。漳绒、漳缎中的精品如敷彩漳缎、金彩绒、汝花绒缎等，足以代表中国古代丝织技术发展最高水平。

一个在马尼拉做过主教的西班牙人贝扎注意到：每年有 30~40 艘商船从马尼拉运走 150 万 ~300 万里亚尔白银，作为交换他们运来数量可观的中国生丝和丝织品的费用。

通常情况下，来自漳州河的商船会把生丝和丝绸运送到台湾，交给荷兰人，然后由他们运到欧洲。

1619 年，荷兰东印度公司在欧洲生丝总销售量 600 担，中国丝织品每年出口到印度尼西亚的数量为一两万匹，通过荷兰东印度公司，又有数千匹转运到欧洲。

王山，一个十分富有的漳州商人，荷兰东印度公司在海峡重要贸易伙伴、供应商，他向荷兰东印度公司提议，由他的船运 1500 担生丝，交付地点在台湾。这些生丝总价 20 万 ~ 30 万里亚尔，这个数字是荷兰东印度公司总资产的 10%。

月港时期的漳州，以非同寻常的生产能力，使源源不断流向世界的中国商品充满漳州元素。

美洲经济作物由月港传入中国。

最重要的是番薯，根据《闽小记》记载：“万历中，闽人得之外国，瘠土沙砾之地皆可种植，初种于漳郡，渐及泉州，渐及莆，近则长乐、福清皆种之”。这是漳州最早引进番薯的记载，也是中国引种番薯的最早时间。

番薯迅速征服长江、黄河流域的农田，并在沿海那些因人口快速增长的地区大显身手，丰富的产量弥补了战争或灾荒引起的食物短缺。最重要的是，它直接导致通过清代的人口剧增，奠定了今日的人口规模。

多巴哥（Tabacco)——哥伦布向西作环球旅行时发现的消闲植物，我们称之为烟草，在明清时期传入中国时被译成“淡巴菰”或“淡肉果”，万历三年（1575 年）由漳州商人从吕宋带回。

烟草从月港登陆后，先后龙溪、长泰引种植，不久播种到了漳属各地，然后流向全国。甚至远在甘肃兰州，也有来自漳州南靖的烟商直接在当地种植、加工、销售。至于质量，以石码最优，曾经大量销往中国台湾和东南亚。康熙年间的京城，“石码名烟”，是十分时尚的消闲品，从宫廷到坊间，莫不如此。

发生于 400 年前的全球性物质对流改变了世界影响了今天，闽南血统的 Tea（茶）和 Dimsum（茶点）成为英国的社会消闲文化，而美洲咖啡在遥远的中国和欧洲遭遇迷恋它的味蕾。至于东南亚，那么多闽南话词汇进入当地方言，那是闽南人无所不在的生活的痕迹。

到了月港海商为自己的成功买单的时候了。

隆庆六年（1572 年），海商向财政支付税收是 3000 两银子，万历二十一年（1593 年），是 29000 两。这个数字，是福建全省税收一半。月港由此被称作“天子南库”。

这一定是龙溪知县陶镕和漳州府督饷王起宗，那两个委托张燮写书的人愿意看到的。

五　谁触碰了西班牙国王的心

白银，对 16 世纪的中国社会，或许不过是时代拜金主义的一种表征、商业繁荣的倒影，但是它积蓄力量，扭转乾坤。

从16世纪中叶开始，中国迎来一个真正意义上的白银时代。这个时代，令人欣喜，令人不安。西班牙人在美洲波多西山开采的银矿，让大明王朝通过这个东南财富咽喉，不可逆转地被拖入全球经济体系。

月港开市这一年，穆宗皇帝颁布命令：凡买卖货物，值银一钱以上的，银钱兼使；一钱以下的只许用钱。这是明朝第一次以国家法令的形式确定白银为合法货币。白银最终成为国家税收和储备货币，取代了宝钞、铜钱的地位。之前，国家法令是银禁。

随着白银迅速渗透到整个中国社会，社会各个阶层对白银的需求量日益增长，有限的国内白银开采无法满足市场需求，商人们进而把视线投向海外，私人海外贸易勃兴已是大势所趋。

这种趋势，将把中国东南变成一个商业世界，洪武皇帝在立国之初建立的农业社会理想秩序变得支离破碎，因为白银已发出催眠般的声响。

白银作为硬通货在市场上普遍使用，是中国东南沿海经济发展中展示出来的一种重要现象。中国银价开始出现上涨的趋势，在1560年的欧洲，金银比价是1∶11，墨西哥是1∶13，而中国是1∶4，一块同等重量的墨西哥银元，经帆船运抵月港后，身价翻了3番。

当来自海外的白银成为中国社会白银的主要来源时，中国国家经济日益融入美洲白银主导的世界贸易体系。

西班牙人占领下的马尼拉，这个时候成为一个巨大的市场，当一船船墨西哥银元涌入这里，立即得到价格低廉的中国商品的积极响应。东南风起时，来自月港的商人为了不滞留马尼拉，完全可能用低于成本的价格抛售这些来自家乡的商品，因为仅仅靠两地的白银差价，就可以赚回一笔不菲的利润。

中国，正在成为能量巨大的吸银器。月港，是帝国性命攸关的咽喉。

不知疲倦的海洋商人，把白银运往国内，市场瞬间将它们吸食干净。最初，或许有轻微的通胀，不过，这刺激了流通，带来了财富。随后，整个社会似乎陷入纵乐的困惑。对于两千年以上的文化传统，这一切似乎在某种程度上正在促成令人悲伤的后果。但是，美好的银子，谁能抵抗它的诱惑呢？

1586年，一个叫罗杰斯的西班牙传教士报告他们的国王菲利普二世：“每年有30万比索银元从这里流往中国，而今年超过50万比索。”

1589年，另一个西班牙传教士特洛在致菲利普二世的信中提道：“来这里贸易的中国人，每年带走80万比索银元，有时超过100万比索。”

据估计，16世纪后30年，也就是大帆船的贸易的头30年，大约有630艘漳州商船到达马尼拉。这个时期的参与吕宋贸易的回航船上，除了墨西哥银元，极少有别的东西。

中国由此迈入白银时代，在以后的数百年时间里，它是主宰中国市场的硬通货。

万历二十八年（1600年）以后，西班牙人每年要运白银200万~300万两到马尼拉贸易。这种状况，一直持续到明末，估计从海外流向中国的白银达一亿银元以上，也许更多。

17世纪，通过与另一个国家——日本的贸易，又有14000万两白银，从长崎经月港和澳门进入中国。因为在岩见等地发现新银矿，使日本黄金需求量大增，大约在17世纪20年代，日本金银比价是1∶13，而中国是1∶8，很少超过1∶10。把中国货物销往日本，一般可获利两三倍，而把货物换成白银运回中国又可升值一倍左右，所以，从事吕宋贸易的漳州商船，常常折往日本。至于日本，依靠白银贸易，国家实力今非昔比。平户，作为漳州与日本的贸易门户因此繁荣。

马尼拉航线是当年海上贸易利润最高的一条航线。无论是中国还是西班牙殖民地当局都明白，对美洲白银的需求是刺激吕宋贸易勃发的最直接的动因。

当时的福建巡抚就直截了当地说:“我贩吕宋，以佛郎机银钱之故。”

1576 年 6 月 7 日，马尼拉的第三任总督桑德在给罗马教皇的信上提到相类似的观点:“我只是相信，中国人对我们的贸易感兴趣，主要是因为墨西哥银元和当地的黄金。”

白银作为“世界货币”的地位一经确定，它在全球经济一体化的进程中的历史性作用便被充分显示出来，从 17 世纪下半叶起，一张真正意义上的世界贸易网络开始确立，由它营造的世界市场为未来人类社会发展提供无限遐想的空间。

因为白银的诱惑，大量中国的生丝和丝织品经由马尼拉倾销拉美市场，它对西班牙丝织品市场的冲击几乎是灾难性的。同时，因为购买这些中国丝织品，造成大量白银流入中国，西班牙王室的收入开始缩水。国王试图对白银外流进行阻击。1587 年，国王禁止墨西哥或南美其他殖民地同中国或马尼拉直接贸易，1593 年，限制墨西哥与菲律宾之间的贸易额，每年从马尼拉前往墨西哥阿卡普尔科港的商船，限量两艘，载重不超过 300 吨，所载货物不超过 25 万比索，回航时不超过 50 万比索。国王甚至命令不准西班牙人到中国或者同中国人进行贸易，但一切努力看起来收效甚微。毕竟，中国人生产的手工业品因为工艺精良，早已是世界上商人追逐的对象。除了华美的中国丝瓷，还有什么东西能够与突然暴涨的财富相匹配呢?

中国手工业者的手，触碰西班牙国王的心，这是全球贸易带来的始料未及的后果。

六 白银缔造世界

白银缔造一个全新的世界，并且在大明王朝内部引发金融、财税、关税制度一系列连锁反应。这些历史转折时期的国家变革对中国社会产生深远影响。

大明王朝部分解除“海禁”和解除“银禁”是在同一年进行的。如果没有解除“海禁”，解除“银禁”没有现实意义。

美洲血统的白银在中国市场受宠，源于中国历史上的贵金属稀缺。巨大的市场和货币短缺，一直困扰中国历代王朝，即使在海洋政策最为宽松的宋元，国家鼓励泛海贸易的同时，严令作为货币材料的铜不下海；明朝立国时继续沿用这一传统。

美洲白银及稍后发现的日本白银潮水般涌入，极大缓和了大明王朝面临的货币短缺与市场扩张之间的矛盾，从此，中国经济纳入世界白银贸易体系。

1670年，张居正开始实行改革，这个时间点，在月港开放洋市后三年，西班牙人占领吕宋前一年，与美洲白银大规模流入中国的时间同步。“一条鞭法”最实质性的内容就是国家赋税以折合白银的方式征收，中国古代最具争议的改革在全球化背景下顺势而就。没有海外银源，张居正的改革不过是一个伪命题。

随之，白银作为媒介把封建国家社会资源和生产力重新调整，人对土地的依附关系开始松动。农民缴足了资金，可以免除劳役；如果有梦想，可以走得更远。他们中的许多人进入城市，成为商人、手工业者和工人，继续催生一种新的雇佣关系。

大明王朝的社会变化将与1670年有关，当然那一切的源头，是在

1567 年。从此以后，中国社会生活的方方面面，将充满着拉丁美洲和日本的白银。

大明王朝立国之初，来自江淮乡间的草根皇帝，或许出于对饥饿与动乱的恐惧，他穷极心智建立一个静止的社会形态。洪武皇帝用法令向臣民描绘了一个理想的国度，国家轻徭薄赋，百姓自给自足，士绅管理乡村，庶民清心寡欲。那是一副和谐的道家社会图画。所有人被具体固定在自己的生活空间。农民和土地亲密无间，手工业者进入官营作坊，士兵被国家供养守护边塞，而商人只能互通生活有无。20 里是一般人的活动距离，如果需要贸易，那正好是一天的来回时间。100 里是上限。擅自出海将被处死。《大明律》限制所有的社会移动，包括职业的变化和有形物质的迁移——贸易，而极少数精英掌握国家政权。

现在，一切都变了。

改变的不只是民心，而是一个时代，一个东西方突然直面的时代。

那将是一种福祸相依的大变革时代。

随着白银的强势地位在世界贸易体系中确定，中国外向型经济在这个时期快速发展，国内市场开始转向国外市场。经济活动和生产活动向专业化、商品化、跨国跨区域发展。

此时，海关关税制度改革已经没有悬念。白银已渗透到社会生活各个方面，当成船的银子运抵月港，而船上除了美洲白银外，再也没有什么特别令人称道的东西时，货币税饷制取代了实物抽分制。不断增长的关税使督饷馆于 1593 年在海澄建立。这是中国海外贸易关税制度一场划时代的改革。

大明王朝的首辅张居正把帝国带上前所未有的发展格局。中国东南沿海与西北边陲，失落的丝绸之路重新贯通。中国社会发生重大变迁，国家政策由重农抑商转向重商主义。白银普遍通行于社会并且占据货币流通领域主导地位，市场在白银驱动下前所未有地活跃，商品经济繁荣，商邦形成、市镇兴起、商人阶层壮大。仿佛酝酿着另一场文艺复兴，俗世风情悄悄地滋润庶民生活。当伦敦的露天剧场公演莎士比亚的《李尔王》时，汤显祖的《牡丹亭》唤醒了多少人沉睡的心。而海滨社会正在经历域外风物洗礼，就如冯梦龙《二刻拍案惊奇》所描写的那样。

张居正作为权臣管理国家十年后去世，因为树立太多的政敌，他的家族不出意料地遭到消洗，他的墓园也因此蒙羞。荣耀与深渊，只有一个短短几个月的距离。但他在中国东南沿海开的那个窗，却使中国和全球市场从此联系在一起。这种联系，改变了一切，影响了新大陆和旧大陆。

17 世纪到来时，中国是世界最大经济体，拥有无可匹敌的巨大市场和生产力；而欧洲，由差不多 200 个国家组成，君主们四处征战，依靠借贷免于破产。但是，随后的几个世纪，世界力量对比发生逆转。

当年，中国能生产世界最好的商品，但西班牙人掌握墨西哥白银出口，仿佛冥冥之中有一双无形的手，将世界经济结合在一起。白银驱动中国市场发育，中国市场对白银的饥渴拉动美洲白银输出，世界力量均衡在不知不觉间发生逆转。大明王朝正在失去它所缔造的理想生活，沦为一个世界秩序的依赖者。欧洲人因为掌握美洲白银的优势地位，挤入亚洲经济贸易体，登上亚洲经济快车，形成巨大的资本积累，在经历了“价格革命”后，最终历史性地引来了“工业革命”时代。

中国进入白银时代以后的数个世纪，白银主宰国家未来，驱动大明王朝人口和资源流动，当然，也包括思想和社会结构变化，就好像数万公里外的伦敦和阿姆斯特丹发生的那样。

而这一切，从隆庆元年月港的那一次开放洋市就开始了。

却问乡关何处是

一

迁徙，一个人类社会亘古不变的话题。

在台湾海峡茫茫碧波之下，存在着一条古陆桥，这条陆桥的大陆一端，在漳州东山岛。

在距今四千至一万年前，台湾海峡出现过一次海退期，“东山陆桥”浮出水面。

从今天的陆桥上打捞上来的古人类、古生物化石，我们可以想象那时的情形：陆桥上河道纵横、草木丛生，一群群生活在福建沿海的古人类，拖儿带女，开始了向着台湾的最初的迁徙，与他们同行的，是野牛、古鹿、犀牛……

这是远古时期台湾文明的源头。

那个时候，与台湾最近的福建，是百越族的文明区域。一般认为，台湾原住民，就是古百越族的后裔。

从那时候开始，台湾与大陆的文明关系便不曾中断过。

秦汉之际，台湾与大陆，茫茫一水间，舟楫相通。

唐代，陈政、陈元光父子率河洛地区五十八姓近万名府兵迁徙到漳州落籍，就此改变了漳州地区原住民的结构以及文明发展的走向。许多年后，当他们的后裔开始向海峡对岸进行新一轮迁徙的时候，依然深厚的中原文化标识，因为极为相近相似的自然地理条件，而轻而易举地融入当地的生活。

这是一次新的缘起。

岁月如流，今天，已经在岛上繁衍成两千万人口的移民后裔，有七百万人可以从漳州找到迁台祖先的出发地。

漳州浦南陈元光陵园，草如茵、树如盖。海峡两岸数千万讲河洛话的人群，可以在这里找到一种文化的起源。这种文化，我们称之为漳台文化。

2006 年 3 月 17 日，漳州市区官园威惠庙，开漳圣王陈元光及其祖母魏妈神像在一片鞭炮声中赴台巡安。

2007 年 3 月 27 日，同样是一片鞭炮锣鼓，由台湾开漳圣王庙团协会组织的台湾 7 县市 19 家宫庙 100 多人和新加坡保赤宫首届国际开漳圣王文化联谊会组织的 10 人进香团，前来官园威惠庙进香。

其实，这不过是一浪高过一浪的两岸寻根热中的一个插曲。

让我们把视线拉回过去。最初的迁徙之路是充满风险的，但是当我们面对许多年后的一个个枝繁叶茂的家族，最初的艰辛便显得有些微不足道了。

宋元之交，中原地区局势动荡，漳州、泉州居民往台湾谋生人数渐渐多了起来。

明天启四年（1624 年），海澄人颜思齐率一批人登陆台湾，随后拓募三千漳泉子弟，开始台湾最早的大规模的拓垦活动，颜思齐在艰难的环境中英年早逝，被后人尊奉为“开台王”。

明末清初，郑成功驱荷复台，漳泉儿郎跨海而去的数万。

龙海白礁慈济宫，层楼迭展，雄伟壮观。当年，三百白礁子弟从这里随国姓爷赴台，就此在彼岸繁衍生息。每年农历三月十一，那些白礁子弟的后裔，会聚集在台南学甲慈济宫前，遥拜大陆祖宫，三百年间从未间断。

那三百儿郎中，有一个叫王文医的，据说是东晋名相王导的后人，在台湾传到第 11 代子孙。

纵观漳台历史，每一次迁徙活动，目的各不相同，但是，希望的结果是一样的，那就是为自己寻找一个新的空间，为儿孙寻找一个新的起点。于是，在迁徙之路上，开基祖一个个诞生了；在寻根的过程中，祖家地山川草木的最初印象一次次被唤醒了。

迁徙者不会像候鸟那样每年回家，但他们往往会告诉他们的子孙，根在哪里，家在哪里。总有一天，他们的后裔，依然会循着先人留下的路标，一路寻回家来。

漳台两地的居民大都是迁徙者的后代，所以人们知道，迁徙之后还会有迁徙，缘起之后总会有缘起，当生命脱离母体朝着不同方向攀延时，人们总会有办法找到最初的起点。

也许，这一切都源于那个茫茫碧波之下亿万年前生成的陆桥。

二

对于移民社会而言，一个意味悠长的话题是：家在何处？根生何方？

漳台两地社会历史和现实生活中一个十分重要的内容是：基于深厚的血缘关系建立起来的文化关系将如何影响人们的精神生活。

漳州向台湾移民，一开始便显示出声势浩大的特点，明清两朝，尤其是在清初、中期，数以万计的漳州人拥入台湾，如此众多的人口，联宗结伙、跨海而去，短时间里高速形成台湾汉人社会，其文化习俗，基本上原汁原味地保留了祖家地的风采。

这是中国历史上绝无仅有的移民景观。

这些漳州移民，一踏上彼岸，为适应充满风险的自然和生活环境，或聚族而居，或邻里相集，形成一个个“小漳州”区域，这就是所谓的“血缘聚落”或“同乡聚落”。在这种特殊区域里，移民最大限度保存了原乡文化特征。

就如一次干净利索的搬家一样，祖家地的语言、风俗、信仰乃至生活起居，能搬走的也就都搬走了，那些不能搬走的家乡山水，就带走个名字吧，家乡有座圆山，台北也有座圆山；家乡有座芝山，台北也有座芝山岩。透过一个个漳州味的地名，我们再一次窥见了那个年代久远的移民足迹。

祖先崇拜是漳台文化的一个显著特征，也许是一代又一代的漳州人在经历了迁徙生活后留下了心灵刻痕，人们的祖根的意识如此根深蒂固，以至先祖离家数百年后，子孙依然能够找到归路。寻根谒祖、祭祖认亲是一种超越任何意识形态的文化形式，当相隔数百、数千公里外的人们最终相聚一处，陌生的面孔熟悉的口音，冥冥之中已经向人们预示了些什么。

在漳台两地的集镇和乡村，我们常常看见标志着两岸血缘关系的祖祠、家庙乃至年代依稀的墓葬，贯穿其间的精神纽带，并不因为岁月流逝而松弛。

芗江水滨南山寺，晨钟暮鼓留不住往昔岁月，巍峨的殿堂却闪烁着旧日的华彩。在台湾“南院派”陈氏开基始祖、唐太傅陈邕舍宅为寺前，这里也曾上演过家庭的悲欢，洋溢过人伦的乐趣，就如同其他普通家庭一样。“德星堂”的烛火依稀浮现列祖列宗庄重的表情，太傅祠幽静的庭院隐约可见老主人衣袂飘飘的身影。

现在，海峡两岸“南院派”陈氏族人已繁衍到五十代百万人口。刻有“南院派”印痕的“德星堂”，也由此繁衍到了海峡对岸，幽幽家祠，似乎还沾着芗江水气。

在动荡不安的迁移与拓垦活动中，充满原乡文化气息的乡土守护神，扮演着非常重要的角色，困窘不堪时，这是心灵依靠；功成名就时，这是奉献所在。

几十年、几百年过去了，这些充满人情味的民间信仰在迁居地生根发芽，成为漳州移民文化的一大特色。

铜山古城，与台湾一水相隔，明清时，已有“铜山营”官兵驻守澎湖。

建于明洪武年间的东山关帝庙，依山临海，遥瞰碧波万顷。

许多年前，当铜山水寨官兵怀揣着香火在帝君的目送下启程戍台时，谁曾料到，随着他们的播迁，这里会成为台湾诸多关帝庙的祖庙。

一座古庙，竟然成为一种缘起，这是移民信仰创造的奇迹。

同移民本身寻根认祖一样，来自原乡的守护神也是充满乡土观念的。在离开祖宫若干年后，信奉他们的人们依然会依靠零零星星的口头传说或文字记载，千方百计寻回故地。

徜徉在今天的台北、台中、台南，在城市与山间，一座座年代久远的古寺庙，往往都会带出一段与漳州有关的渊源。

宜兰草湖玉尊宫，它的香火来源于漳州天宝玉尊宫，播迁的时间大约在20世纪40年代。

20世纪末，当草湖玉尊宫的信众凭着冥冥中的牵引寻回祖宫时，那座最初由唐皇敕建的道观在几经搬迁、历尽世事沧桑之后已经香火杳然。

得益于草湖玉尊宫的捐助，有了天宝玉尊宫的重建。重建后的天宝玉尊宫显得金碧辉煌，成为漳台宗教文化交流的佐证。

漳台两地的民间信仰，是和漳籍移民的播迁密切相关的。千百年来，这些与人们相知相随的乡土守护神，不仅为人们带来了一个温暖、安适的精神世界，而且为子孙后裔提供了一个沿袭传统的纽带。

透过那些金碧辉煌的建筑和为数众多的乡土神灵，我们更多地了解到的是漳台两地同根文化的绚丽多姿和漳籍移民诚敬传统的精神品质。

伴随着“小漳州”区域的形成，漳属各县移民不仅照搬了祖家地的风俗习惯，连民间文化艺术，也开始在迁居地风行开来。锦歌、布袋戏、竹马戏……随着移民潮涌进了台湾。在漳籍移民占绝大多数的宜兰，锦歌迅速找到自己生存的土壤。

当日，那一曲乡音，曾经给那些在外谋生的漳州人，带来多少故土的慰藉，是说不清了。在一些寻常的日子里，当人们看见一些宜兰的老者，坐在那带有家乡印记的庵庙前，怀抱着琵琶悠然弹唱的时候，那声声句句漳州腔，是否还在催人发问：长路迢迢，乡关何处？

回首往事，尽管先人迁徙的日子已越来越远，然而，来自两岸的家族传统、宗教信仰、戏曲艺术，仍然以其勃勃生命力，告诉后人：家在哪里，乡关何处。

家在对岸

长泰里，隐身于新北市三重区一个早先叫芦州乡的地方，淡水河从它身边湍湍流过，不远处就是台北大桥。

许多年前，一群陈姓长泰移民来到了这里，然后，又有更多姓氏加入。人们在那里垦拓、种养、铺路、搭桥、修筑祠庙，繁衍生息，直到今天。就像当日那些从家乡过来的人喜欢把新的居住地称作“漳州寮”、“南靖寮”、“诏安厝”一样，长泰移民的新家叫长泰里。

再以后，这个长泰移民聚落又衍生出新的区划，长泰里、长福里、长安里、长元里、长生里、长江里。不管世道怎么变化，“长”字，就像它的血缘与身份牌照，刻在那里，提醒过往的人们，哪里是它的来处。

在垦拓岁月，那一个个“血缘”“地缘”聚落，在闽南文化版图上，就像一块块“飞地”，带着原乡深刻的痕迹和母体保持着难以割舍的关系。

明清两朝，300 多年时间里，100 多个漳州姓氏和他们的主人穿过海峡，登上彼岸，其中 20 几个发源于长泰。

长泰迁台湾，与明清时期漳州人口向外扩散的总体趋势是一致的。今天台湾 2000 万人口中，祖籍来自漳州的占 800 多万，两地旧日谱牒保存有 110 来个开台姓氏，其中 20 个源自长泰。

长泰迁台湾，有其深厚的历史地理渊源。

从宋末开始，长泰就有人移民台湾，但是最早见于谱牒记载的，是永乐年间陶塘洋杨氏入台，随后，林、陈、卢、连……二十几个姓氏，在对岸开始他们的家族盛宴。

当长泰移民开始一拨又一拨抵达彼岸，台湾也正迎来中国历史上最波澜壮阔的移民潮，如星辰般，一个个聚落出现在台湾早期的社会历史阶段。世事艰辛，人们需要彼此携手，担当未来。于是，在对岸，一个个“小漳州”、“小长泰”出现了。接下来，更多的“血缘聚落”生成了。当移民社会逐渐转变为定居型社会，以最初的祖籍地地缘关系为主的社会结构就变成以宗族关系为主的社会结构，血缘关系超越地缘关系，于是，产生于农耕文化背景的宗法制度、乡族制度、士绅阶层在彼岸落地生根。

对于离家远行的人，江都，是一种念想，一种随时可以遥望的故乡。回家，是衣锦时必须做的一件事，功成名就，荣耀归于祖地。

家乡，充满温情。江都盛产蜜橘和温泉，那些在外的游子，有一天想念温泉的暖意和蜜橘的香甜，就知道该回家了。

江都古寨，建于明嘉靖年间，在倭寇横行时，连氏族人聚全族之力，依山垒石，筑成堡垒式的家园。寨外，阡陌纵横，城中，鸡犬相闻。一代一代的连氏族人在这里繁衍生息，洞房花烛、金榜题名，四季轮回，生生不息。

今天，江都古寨似乎以一种守望的姿态泊于岁月之河。

连氏祖祠“瞻依堂”，一座二进三开间的建筑，立于寨中，雕梁画栋、檐角欲飞，守护它的是一棵百年老榕。所有人都知道，进了“三川”门，他们就是连氏子孙，瞻依先辈，和睦后人，是每个连氏子孙应记的族训。

台南开基地“瞻依堂”，一样的建筑，一样的仪式。

每年正月十五，两岸“瞻依堂”张灯结彩，同宗济济，以庆典遥祭祖先。“火树银花喜见春光第一，熬山烛火欣逢夜景无双”，江都祠堂内的诗联，让人觉得血缘如此美好。

光绪二年（1876 年），那个叫连日春的仕子荣登丙子科台湾府举人，随后携妻儿还乡，江都祖祠竖起他的石旗杆，“瞻依堂”里，挂出“文魁”匾额。衣锦还乡的日子，将是生命中永恒的念想。

山重，与厦门境毗邻，四面环山，田垄纵横，日暮晨昏，水云缭绕。宋塔、明祠、古树、老厝、年年盛开的油菜花，是古村意象。

这是一个薛姓聚集地，3000 多人口生活在这儿。

一千多年前，在开漳队伍中，有一个叫薛武惠的营将率部驻守今天的长泰东部，他的子孙定居山重。薛氏后裔播迁泉州、厦门及漳属各地，他们的一支在台南繁衍。高雄茄萣乡薛氏，来自这个村落，两地的宗族拥有共同的郡望——“河东”。

1654 年，一个叫薛玉进的人离开山重，只身来到台南，捕鱼为生，生活稍定后，携妻子林氏壹娘渡台，再迁高雄，从此子孙后代在台湾开枝散叶，连绵不绝，在高雄、台南、台北，人才辈出，成为台湾薛氏家族引人注目的一大支派。

薛家祖地山重祖产名称茄埕。他们在高雄的居住地，便以谐音取名，称“茄萣”。山重，是他们的来处，在茄萣祖祠，碑铭镌刻“长泰山重”，三百年来薛氏家庙遥望祖地，香火绵延。

今天，在山重，薛家的茄埕祖田依然青绿。而在高雄茄萣，则衍生出七个与它有关的地名：茄萣里、茄萣庄、下茄萣、嘉定、保定、大定、嘉萣里。

青阳，地处枋洋东北隅观音山麓，厦、漳、泉在这里交汇，村中尖尾山可俯瞰三地，那里竖着一支半米高界桩，分别从西南、西北、东南指向长泰县城、泉州安溪和厦门、同安方向。

这个村山清水秀，地理位置极佳，与毗邻的溪茶产地大坪乡处于同一海拔高度，茶香，让这里民风温润。

青阳卢氏是开漳府兵校尉卢如金后裔，据说与韩国前总统卢武铉同源，“范阳”是他们的郡望。这个家族自古人才辈出，出进士、出举人、出贡生，也出兵部尚书、出总兵、出参将。

青阳下厝卢经忠谏府是卢氏家庙，祀的是开基祖卢秉崇和六世祖卢经。祖庙紧凑大气，单檐悬山顶，燕尾脊，埕前树三杆石旗杆，为卢经中进士、举人及出任监察御史而立，堂中挂着“忠谏”、“选魁”、“进士”匾。

青阳卢氏从明成化年迁台，子孙散布台北、桃源、彰化、苗栗，人口过万。在祖地，可以在长泰、南靖、龙海以及厦门同安、泉州安溪找到他们的踪迹。

枋洋乡青阳村一本修于三百多年前的族谱记载了卢氏先人赴台历史。

明宣德元年（1426年），一世祖卢秉崇在青阳开基。第三代卢志盛于成化年赴台南垦拓，建立家业。七代卢若腾，崇祯年进士，南明隆武朝的兵部尚书，都察院左佥都御史，在温州抗清，兵败，隐居青阳。再随郑军入台，定居台南，于1664年逝于澎湖。前半生荣耀，后半生漂泊，那一场家国离乱几乎成为他生命的定格。

台南，家族的主要聚集地，到清嘉庆年，青阳卢氏已成望族。

迁徙，是漳籍移民的宿命。

若干年前，迁徙者从中原一路南下，这块后来叫漳州的海滨之地是他们旅程的终点；许多年后，当迁徙者的后裔成群结队穿越海峡，漳州，成了下一个旅程的起点。

从何处来，到何处去，一种农耕民族的集体意念，贯穿所有的日子。

人们抵达彼岸，落地生根、开枝散叶。宗祠的香烟，是最温暖的记忆，值得所有的人向来时的方向，做永恒的回望。

今天，我们从一个漳属县份看一场持续数个世纪的史诗般迁徙，我们知道，有一种传承叫生生不息。

漂洋过海去“番邦”

与航海贸易紧密相连的，是大规模的海外移民活动。

如同走西口、闯关东一样，下南洋，是人类世界移民史上的一次壮举。

明代中后期，人口增长的压力和海外贸易所展示的诱人前景，使漳州地区出现人口大流动的趋势。

生活在沿海角美镇鸿渐村的许氏族人，从明成化年间有人定居吕宋起，至1491年，村民十户有八九户往南洋谋生，菲律宾著名的许寰哥家族来源于这个村落。至今保存的建于明成化年间的“郑和庙”似乎显示着与那次远航的渊源；而远居山乡南靖梅林村，阳春三月，梅青时节，一年一度的海神妈祖祭祀活动，隐约着土楼人家与海洋的精神关联。今天，生活在南洋诸国，有据可查的漳州人仍有数十万人。依靠与人数众多的移民社会良性互动，漳州商人久盛不衰。

早在郑和下西洋之前，漳州商船在下海贸易的过程中，已经在沿途的港口建立一个又一个漳州人的聚落。吕宋离漳州最近，地方也富饶，商人到这儿往往久滞不归，到嘉靖年间（1522 ~ 1566年），中国商贩达三万，而漳州商人占80%。一幅绘于1613年的马六甲城市地图上，已有“漳州门”的标志。

而随漳州商船一路漂洋过海的漳州神祇，带去的将不仅仅是一种信仰、一种精神依托，或者异乡客对故乡的温暖的回忆，它们将在多元文化社会里建立一种人与神、人与人之间的相互信任与理解的关系。

这些移民社区，往往有自己的自治组织，群体成员又往往从事相关的行业，而很快在当地形成具有强大影响力的商业网络。所在地当局，往往不得不依靠他们的首领进行管理。海澄商人颜思齐，在操持与日本、荷兰东印度公司的贸易中成为长崎一带的华人首领，人称“东洋甲螺”；距离赤道 100 公里的马来西亚特区马六甲城，这是郑和五度造访的城市，街上古老的民居，使它像一座闽南城镇。17 世纪上半叶荷兰人占领期间，它的首任甲必丹是龙溪商人郑芳扬。今天，在他的家乡榜山镇文苑社仍保存着的明代族谱，记录着他的名字；漳州天宝韩氏，这是一个在 1000 多年前随唐开漳圣王陈元光从中原迁徙漳州的古老家族，18 世纪初，从这个家族的一个叫武松的前往爪哇（印尼）开创事业开始，在 18、19 两个世纪里，前后有 32 人出任各地的甲必丹、雷珍兰。

重商是漳州历史文化的一个深刻的烙印。南靖塔下，这个风景秀美的地方是漳州一个著名的向海外移民的村落。在塔下张氏祖祠门外，那些彰显家族荣耀的石旗杆上，能将名字与仕途显赫的人一同刻入石头的，还有另外一种人——外出闯荡造福乡里的商人。

航海及贸易的传统，使这些闯荡南洋的人，成为影响社会生活的一股力量。

在闽南话里，从商叫“做生理”。在漳州人心目中，“过番”和“做生理”几乎没有什么本质上的不同，地狭人稠，既然能出去就是大海，“过番”，自然代表一种新的生活希望；在异国他乡，“做生理”是一种必然的结果。“做生理”的人如此普遍，以至“生理”成了菲律宾西班牙语对华人的称呼。他们中的一些人，最初，可能只是小商小贩，手持一杆秤两个土布袋，走村串户，向当地农民收购一些胡椒，待家乡的船到了，再把它们出售。然后，他们有了自己的小店，做了零售商。遇到货物价钱太贵的时候，他们就几个人联合，把这些货物买下，再按个人投入资本的多少划分利润，这种类似近代股份合作的方式，使他们无须欧洲人援助，也能打开市场，减低交易风险。再后来，闽南话里有了“公司”这个词，而这个词最终进入现代汉语。

这些闯荡南洋的人，他们的信息勾连最初由一种叫“水客”的人完成。

1880 年，一个叫郭有品的漳州“水客”在自己的家乡九龙江口流传村创办“天一批郊”，经营侨批业务。“天一批郊”诞生时间比大清邮局还早 16 年。17 年后，批郊改称“郭有品天一汇兑银信局”。总部仍在流传村，设香港、上海、厦门等 9 个海内分局和菲律宾、马来西亚、越南、柬埔寨等 22 个海外分局。一些年前，郭有品神情恬淡地在这栋“番仔楼”里品茗，楼外是宁静的小乡村。在他的调度下，每年有 1000 万 ~ 1500 万银元，经由纵横交错的侨批网络，流向都市山间。

同样在这个时候，乔致庸和山西商人们也在他们光线暗淡的票号里轻挑细捻着中国经济的某一根神经末梢。他们大约没有意识到，在后人眼里，充满平民化色彩的侨批业和富贵气十足的山西票号已然成为中国金融业的两朵奇葩。

在相当长的一段时间里，这种“海上票号”深刻地影响人们的精神生活，它是希望的征兆、是平安的信息、是生活的来源。

“天一信局”的出现，是漳州移民经济发展的产物，是漳州商人与移民社会互动的结果。它以规模大、经营时间长、海外网点多、影响深远而在我国邮政史、金融史、华侨史上有重要地位。

闯南洋的漳州商人中，有许多有机遇不错的人，开始有能力与所在国政府建立比较密切的联系，有的进入政权上层，有的被任命为港务官参与海外贸易管理，有的充当外交使节，指导王室贸易事务。

1438年，爪哇国使团向明英宗朝贡，使者亚烈、马用良，通事良殷、南文旦奏称自己是龙溪县人。

海澄人吴阳，初到暹罗宋卡城时，这地方还是荒芜之地。吴阳先种植后经商再做税吏，1775年被吞武里王朝郑皇信封为宋卡城主，世袭八代121年。现在的宋卡，是泰国南部重镇。

今天，那些散落在漳州大地的为数众多的华侨住宅，因为见证了漳州商人的奋斗、成长，融汇了他们曾经的乡土理念，而成为漳州历史文化的一道别具韵味的景观。

始建于1880年的长泰坂里新春村“将军第”，占地6300平方米，这是荷印时期望加锡甲必丹汤河清的故居，门楣上李鸿章的题匾，至今仍然彰显着这位因捐巨资赈济山西灾民而被授予顶戴花翎副将衔的南洋富商的荣耀。

始建于1881年的龙海浮宫美山村南川郑氏大宅，雕梁画栋，勾连铺陈，30年的工期，100万两的耗银，营造出印尼富商郑永昌对生活的全部理解。

始建于20世纪50年代的市区华侨新村，火红的凤凰花至今仍让人回想起游子的故园的情愫。

在西方殖民统治时期，这些没有帝国的商人仍然依靠与移民的良性互动，从商贸向产业、从海洋向内陆渗透，经济实力更加强劲。陈齐贤，“马来西亚橡胶艺祖”；林文庆，祖籍海澄，“马来西亚橡胶种植之父”。他们在英国人黎德利的帮助下在马来西亚试种橡胶成功并制成第一批胶片，这是马来西亚橡胶业的起点，此后，漳州人在这个地区掀起了种植橡胶的狂潮。现在马来西亚橡胶产品跃居世界第一。

林文庆后来做了陈嘉庚创办的厦门大学的校长。他的学校，有林语堂、鲁迅这样的文化泰斗。他的文化气质，使他看得比别人更远。

鼓浪屿笔架山的林文庆别墅现在掩映在一片古木中，宁静悠远；新加坡中峇鲁区“陈齐贤”街依旧繁华。

在跨文化的南洋社会发展史上，独具商业天分的漳州人以兼容并它的风格写下最浓墨重彩的一笔，诠释了什么是生存智慧。

今天，新加坡仍然保留了许多与漳州商人有关名称:“金钟街”、“金钟山”、“推迁路”、“推迁花园”、“和坂基”、“秉祥基”、“陈笃生医院”、“芳琳公园”、“芳琳巴刹”、“芳琳街”、“芳琳码头”……他们为之奉献过的城市以这样的方式纪念他们。

也许我们需要记住更多的闯荡南洋的漳州商人的名字：

薛佛记，祖籍漳浦，新加坡福建帮开山鼻祖。

陈金钟，祖籍海澄，新加坡海港的奠基人，新加坡福建会馆首任主席、暹罗国王拉玛四世派驻海峡殖民地钦差大臣兼总领事。

林秉祥，龙溪县人，曾任新加坡华商总会会长。

杨天恩，经营漳州“杨协成”酱园，至20世纪80年代，“杨协成”事业发展到新加坡、马来西亚、菲律宾、泰国、加拿大、英国，成为食品罐头大王。

杨元藻，长泰县人，沙捞起首府古晋的开发功臣。他建成的具有历史意义的万福码头，带动沙捞越河两岸的矿产聚散。

许泗章，龙溪县人，带领华侨开发暹罗拉廊，任拉廓府尹。

汤河清，长泰县人，荷印时期望加锡“甲必丹”。

杨纯美，漳浦县人，曾任万隆中华会馆主席、中华商会会长。

简羡强，南靖县人，经营船运及五谷杂物批发，缅甸侨领。

陈祯禄，南靖县人，1949 年发起成立马华公会，任会长。

……

今天，我们已无缘捕捉他们走向人生巅峰那一刻的生动表情，他们的年代，已经淡出人们的视野，而他们的故事，将继续下去。

南炮台往事

清道光十九年（1840 年）一月，刚到任的闽浙总督邓廷桢下令，在九龙江口海湾地区屿仔尾的镜台山和厦门岛南岸修筑炮台，这两座炮台，就是我们说的南炮台和胡里山炮台。它们扼守的海湾，也就是今天的厦门湾。“八闽门户，天南锁钥”是对湾口的地理描述。

在大航海时代，这里是繁盛的民间海洋贸易区。隆庆元年(1567 年）大明王朝在月港开放洋市后，以唯一国家允许的民间商人外出贸易口岸的地位，成为中国东南海沿海海洋贸易中心和东南亚的航线枢纽，直接参与全球经济，也因此成为郑氏集团和清军拼死争夺的商业重镇。

数处军事要塞拱护这片水域。中左所、浯屿水寨、镇海卫所、金门总兵府，使这片水域混合着兵戈光芒和银元的悦响。

大清王朝曾于康熙二十二年（1684 年）设粤、闽、江、浙四大海关，开海通商。这里，是闽海关所在。乾隆二十三年（1757 年），皇帝以“天朝物产丰富，无所不有，不需与外夷互通有无”为由，仅存广州一口通商。此前，这里是番舶出没的水域。

原先聚集在九龙江口的海洋商人开始南下广州，依靠积累的商业资本和贸易网络，他们在那里建立十三行，成为大清帝国从事海外贸易的特许商人——行商。出生在海湾口地区的龙溪商人潘振辰，做了行商首领。十三行独揽中国对外贸易 85 年。他的家族，做行商首领 39 年。

广州，因为直接和世界经济接轨，成为帝国最辉煌的城市，万商云集，文明交汇，财富剧增，却由此成为一场贸易战争的策源地。把九龙江口海湾地区乃至整个东南沿海都卷入其中。这大约是潘振辰们南下时意料不到的。

在邓廷桢离开两广总督任上前往闽浙时，战争阴云正在广州上空聚拢。

战争的起因，就是鸦片贸易。在邓廷桢于道光十五年（1835年）出任两广总督时，鸦片已由药材变成走私的毒品。在此之前的1821 ~ 1834年，朝廷连下八道禁令。但于事无补。

从九龙江口海湾地区成为中西方海洋贸易节点口岸那个时段起，长达二百年，丝、瓷、茶叶的巨大吸引力，使中西方贸易一直以出超的形势存在，大量白银流入中国，带动中国进入真正意义上的白银时代。从万历年间起，白银成为中国法定货币，维系王朝经济命脉。

这个时期，英国人经过工业革命，国力日增，需要夺取更多的原料产地和市场以消化它的强劲的生产力。殖民地活动是达成这一目的最佳途径。英国人很快夺取了四分五裂的印度，他们的下一个目标是中国。在中国，取得通商自由权利，是扩大市场的必需。鸦片贸易，是抵消入超的手段。鸦片产地在印度，茶、丝、瓷产地在中国，利润却流向西半球的本土，没有什么买卖，比这个更赏心悦目了。

19世纪初，鸦片输入中国不过4000箱。战争爆发之前，猛增到40000箱。鸦片贸易给英国人带来巨大的商业利润，而中英贸易，也从每年200万 ~ 300万两的顺差变成600万两逆差。

小小的鸦片，轻而易举地扭转了持续二百年的全球白银流向。大清王朝的金融秩序开始出现混乱，市场银荒，财政枯竭，国库空虚。而军队，原本已有些不堪，在越来越多的人吸食鸦片后，它们的战斗力，消化于无形。

道光皇帝感觉大事不妙时，1838 年 12 月，派出他认为最得力的大臣林则徐出任钦差大臣。次年 3 月，林则徐抵达广东，与他搭档的是当时的两广总督邓廷桢，也是一位坚定的禁烟者。6 月，虎门销烟，这是一次影响历史的重大事件。接下来，战争变得不可避免。尽管英国人中的一些人视鸦片贸易和黑奴贸易一样可耻，以至上议院差不多有一半人反对战争。但是，一旦鸦片贸易上升为国家利益，所有问题都不是问题。维多利亚女王的旨意成为催动战争机器的最后一根稻草，更何况给这根稻草时，还捎带上帝的名义。

据说两个国家的贸易结算制度不同也是冲突的原因。此时中国仍然沿用 200 多年的银本位制度，而英国人正开始金本位制度的转化，英国人和中国人做买卖时，不得不先与新大陆交换白银，二次交换也令他们白白损失了许多利润。另外，与生机勃勃的世界经济如此格格不入的帝国式的傲慢，也是难以接受的。总之，战争或许能解决这一切。

英国人派出海军少将懿律和商务代表义律这俩堂兄弟作中国人的对手。40 艘军舰，4000 多陆军士兵，从印度港口起航越过海洋云集广州珠江口。

此前，道光皇帝大约已经感觉到战争的危机正在一步一步迫近，邓廷桢被紧急调任闽浙总督，皇帝或许以为两位忠心的大臣牢牢把住浙、闽、粤、桂的海上门户，大清王朝东南沿海就可以高枕无忧了。

邓廷桢显然明白皇帝的意图。上任伊始，即着手整饬军务，训练水勇，制定水陆协防章程。胡里山、屿仔尾那些炮台就是在这个时期建成的。100 多门铁炮安置在厦门岛，又有一百余门，安置在屿仔尾和鼓浪屿，16 门花巨资购置的洋炮也顺利抵达。这个与英国人打了 4 年交道的封疆大吏，比其他人更清楚地认识到：对一个只崇尚武力与利益的海洋民族，以牙还牙才是真理。

当邓廷桢在福建积极备战时，6月28日，战争在广州爆发，这就是历史上的第一次鸦片战争。

随后，英国舰队一路北上，7月占领定海，8月初，抵达天津大沽口，直逼京畿。

英国军队挟工业革命成果，与差不多处于冷兵器时代的中国军队较量拥有巨大的优势。这使清军在整个战争中的总体表现有些差强人意，即便两个总督奋力弥补战争短板，而中国士兵的献身精神也可圈可点。

九龙江海湾地区迎来鸦片战争的初战。

7月3日，英国舰队路过厦门港，沿岸炮台与英舰“布朗底”号一度交火，双方互有损伤，但都宣称自己取得了胜利。

清军的战争情报好像有些滞后，7月7日，总督邓廷桢接到战报后赶往泉州，7月17日，才弄清楚交火的是军舰。18日，定海总兵报告，英军攻击定海。邓廷桢才意识到战争已经爆发，他随之命令加强海湾地区防御。

8月21日，战斗再度爆发，英舰三桅船“鳄鱼号”五级军舰和二桅船“希里玛”号武装运输船蹿入外围岛屿青屿。22日逼近厦门岛南岸，两岸炮台随即开火。英舰不支退出战斗。24日，英舰又派出舢板3只追赶沿海中国商船，清军则出动4艘龙船救援，在缠斗中，英国人被逼向屿仔尾，南炮台炮火立即砸向英舰，击中英军5人，清军伤2人。26日，英舰离去，此役，南炮台的古老的红夷大炮稍占上风。

从情形判断，英国人的战略意图应该是，以军舰封锁珠江口、九龙江口海湾地区、宁波港、长江口，控制中国经济的战略要害，令清政府就范。

发生在九龙江口海湾地区的那两场战斗，算是整个战争的一个环节。随着整个东南形势急转直下，皇帝和朝廷的信心早已支离破碎。

9月2日，林则徐和邓廷桢被革职流放。朝廷革去两位帝国总督的官衔，以为这样可以平息英国人的怒火，就像一年前任命他们守卫四省门户，以为这样就可以挽救帝国颓势一样。

但是，英国人要的是帝国洞开大门和门里广阔的市场，而不是两个失了势的守门员的官衔。

所以，皇帝期待的和平没有降临，英国人的舰队回航时仍然在珠江口集结待发。

而中国人也在备战。1841年2月，新任闽浙总督颜伯焘抵达任所，3月2日，进驻厦门，备战规模进一步加大。据说为此投入了200万两白银。

此时，事态朝戏剧性方向发展。先是懿律因病辞职，然后义律又因为帝国争取利益不力免职。

8月11日，继任者璞鼎查抵达澳门，英国舰队再次北上，这次，他们出动有军舰10艘，载火炮310门，武装商船4艘，载火炮16门，运输船22艘，搭载2500名士兵，目标直冲厦门港。25日，英舰抵达厦门港外，26日下午1时许，攻击开始。

总督颜伯焘坐镇厦门，指挥厦门岛南岸、鼓浪屿、屿仔尾炮台齐射，三面兜击，不过清军的军事技术和战争理念一样落伍。

当英舰轻快地掠过屿仔尾水面，炮台射出的弹丸耗尽气力后在它们的尾迹上溅起漂亮的水花，战斗变得没有悬念。下午3时或4时左右，英军已经在鼓浪屿和厦门岛南岸石壁炮台东侧海滩登陆。曾经在中俄雅克萨战役中大显神威的闽南藤牌军在迎面而来的弹雨中变得不堪一击。

颜伯焘退往同安，守卫阵地的金门总兵跳海自尽。次日，厦门沦陷。

隔岸的火光和军火库被击中时的爆裂声想必让南炮台叹息。

是役，中国守军死亡370余人，英国人伤亡17人，他们在鼓浪屿待了4年之久，直到拿足战争赔偿才离去。

厦门港发生的战斗，只是鸦片战争的一个环节。当中国东南沿海防御体系雪崩般塌陷，帝国的黄昏已经降临。

王朝的虚弱在战争中暴露无遗。开战后一年左右，广东水师提督关天培阵亡，金门总兵江继芸自尽，江南水师提督陈化成阵亡，镇海副都统海龄自尽，定海总兵葛云飞阵亡……厦门、定海、镇海、乍浦先后失陷。广州付了600万元赎城费幸免。随着那些满载帝国希望的封疆大吏——林则徐、邓廷桢以及他们的后任琦善、杨芳、奕山走马灯式地去职。大清帝国的愤怒与焦虑走到顶点。

1842年8月29日，在长江口的英国军舰“康华丽”号上，《中英南京条约》签订。条约的内容就是我们历史教科书上告诉我们的那一切，英国人如愿以偿地获得他们想要的。当他们想得到更多时，毫不犹豫地清除了眼前的障碍，即便义律也不能幸免。

整个19世纪，贸易与征服，一直是全球化的重大命题。哥伦布们在环球航行中建立起来的广阔的市场，并不是对所有人都是福音。1840年发生的中国东南沿海口那场与鸦片有关的战争，是古老的东方大国与新兴的西方强国的第一次正面对决。采用不同生产方式的东西方两大经济体在全球化浪潮中激烈碰撞，古老的华夏一夜间失去了郑和时代的荣光和大航海时代的骄傲。军事颓势加速贸易颓势，五口通商后，中国踉踉跄跄地走进近代社会，随着欧洲近代工业产品潮水般涌入中国市场，中国的自然经济走向崩溃，从此天朝梦碎，苟延于列强之间，以半封建半殖民地的姿态，贡献出原料和市场，做强壮的欧洲小个子的“打工仔”，那是一次悲催的世界大分流。而九龙江口海湾地区，在此后100年间，有数十万人从这里走向南洋，在大航海时代从这里扬帆出海的，是商人，甚至是威震一方的雄主。现在，走出去的，往往是“猪仔”。

1840 年是一个阴晦的年份，在西方人把他们的利益边界压迫到东南沿海，广东珠江口、福建九龙江口，那些苍老的火炮发出的痛苦的吼声，预示一个庞大帝国的沉沦与不甘。

当大清帝国的两个忠臣，前两广总督林则徐，和前闽浙总督邓廷桢，步履蹒跚地走向伊犁流放地，天晓得还有谁能拯救帝国于末世。

顺带说一下来自九龙江口海湾地区的潘氏——19 世纪的世界级富豪家族。他们亲历了这一场战争，在离家乡不远的另一个港口，那个港成就了他们，他们也为那个港增添了奇异的色彩。等待港需要他们再次出力的时候，他们捐资、造炮、购船，在形势不佳时，又支付了一大笔赎城费。然后，离开了几代人经营的外贸事业。他们甩手离去的背影，让人隐约想起鼎盛时期九龙江口沿河地区那些强悍的大海商。

厦门随后悄然发生一些变化。南炮台对面的鼓浪屿建起了许多漂亮的欧式别墅，它们的主人，有些是欧洲人，有些是中国人。城市的变化也慢慢有了多元的色彩。这座滨海城市的成长历程最初有许多不堪，但是达到荣耀的方式也会有很多种，关键是，它掌握在谁手里。

2017 年 7 月 8 日，鼓浪屿正式入选“世界物质文化遗产”名录，那些沧桑往事，无论幸与不幸都是人类精神遗产的一部分。

鸦片战争后不久，又是一次鸦片战争，然后是太平天国运动，然后是洋务运动，总是一次重创之后，又一次不甘沦没，最后那场运动，好像让人看到王朝的生机。

1891 年，即光绪十七年，经过福建提督奏请，光绪皇帝同意，南炮台开始真正意义上的军事近代化转变。三年后，石壁炮台、胡里山炮台接到同样的任务。在德国工程师的帮助下，炮台按照西方军事标准和兵工构筑技术，被扩建成今日我们所能见到的模样，炮城由三合土筑成，呈现椭圆形，城墙周长 240 米，高 6 米，宽 1.5 米。整个炮台拥有城堡、兵舍、战壕、弹药库、练兵场，兵器森然罗列，号令严整威武。从德国订制的克虏伯大炮的主炮，射程十余公里，耗银十余万两；三门阿姆斯特朗炮，副炮。主副炮互相响应。蓝天碧海，海风猎猎，幽黑的炮口昂首向海，仿佛是王朝重振的完美意象。

南炮台建成第三年，中日甲午海战爆发，代表中国近代军事科技成果的北洋水师和那个时代的海军精英折戈沉沙。战争发生在黄海海面，离南炮台的东海，其实并不远。

再过 16 年，王朝覆灭。

军事技术拯救不了一个国家，北洋水师的命运是这样，南炮台的命运也是这样。弄清楚这个道理，中国人差不多用了一百年。

南炮台是在第一次鸦片战争爆发那一年诞生的，伴随着这个国家在近代社会的整个历程，亲历这个国家的苦难和为梦想所做的努力。就这一点而言，南炮台，不仅仅是一座炮台。

克虏伯大炮没有成为美丽的九龙江口海湾地区的装饰，是在 1937 年。这个时候，距新式炮台建成的时间，已经过了 40 来个年头，王朝覆没了 26 个年头。从 1840 年开始的国家探索跨越两个世纪近百年时间。中国刚刚走向现代化的国家进程，又一次被粗暴地打斗，这一次，还是日本。

挟甲午海战的余威，日本人积蓄了岛国的力量，这一次，这个早先的三流国家，不再想和列强分享中国。

有趣的一点是，中国的老对手，英国人依靠的海上优势在这个时候已经失落，在不久的将来，他们和中国人结为盟友，共同对付日本人。

这一年 7 月 7 日，卢沟桥事变，8 月 13 日，淞沪会战爆发。9 月 3

日，日本南支那舰队驱逐舰“箬竹”、“羽风”、“扶桑”号在空军掩护下，驶向九龙江口海湾，沿途炮击海军机政机关、医院、电台、船坞。上午10时许，闽南第一炮打响，屿仔尾炮台与胡里山炮台、磐石炮台、白石炮台把炮火泻向日本舰队，日舰被压制到鼓浪屿西北角。一战的利器，过了它的盛年时期，仍然发挥它的神威。下午2时许，日舰由鼓浪屿向青屿方向逃，进入南炮台射屿，炮长何荣官立即下令开炮阻击。炮弹直接命中“箬竹”右舷，“箬竹”随之进水倾斜，“羽风”、“扶桑”开炮还击，救援“箬竹”。胡里山炮台、白石炮台也迅速投入战斗。日舰“羽风”也被击伤。从重巡洋舰“扶桑”起飞的3架飞机向炮台俯冲掷弹。护卫“羽风””、“扶桑”冲出厦门港海域。而“箬竹”则在一片熊熊烈火中冲滩。

这次战斗中，华南战场第一次击沉日舰，九龙江口海湾地区战事，与淞沪战事形成呼应之势。在强敌压境民族危难时，南炮台发生的无疑是一场给力的战斗。此后八个月，日舰未再内犯。

次年5月10日，日军第5舰队再次派出巡洋舰、驱逐舰、运输舰等30余艘，10余架日机进攻厦门港。已经过了盛年的克虏伯大炮开始失去它在战场上的优势。当密集的炮火从海上倾泻而来时，沿岸炮台相继失守。12日，剩下南炮台在做最后的抵抗。13日，日机再次从军舰上起飞轰炸南炮台，战斗从清晨打到下午，克虏伯大炮火药库、大炮要件、轨道悉数被毁，守炮官兵终于后撤，南炮台失陷。

发生在九龙江海湾地区的这一场中日角逐，折射出1840年以后世界格局的调整。中国和日本两个一衣带水的邻邦走向不同的成长道路。第一次鸦片战争之后15年即1855年，美国黑舰在江户湾打开日本国门，用英国人对待中国的方式。这种征服，迅速赢回日本人的心，从此走上学习模仿西方的道路。在明治维新之后，开始有能力参与对上一个模仿对象——中国进行侵略与掠夺。五千年文明古国在一百年间遭受的苦难，为它日后的崛起积累了全部民族情绪和力量。

不过七年，日本投降。再过四年，一个全新的国家在华夏大地诞生了。

南炮台在沉寂中，与海风相伴度过半个世纪。

1992 年 12 月，招商局漳州开工兴建，这是招商局在内地除蛇口外第二个开发区。56 平方公里规划面积，把屿仔尾包括在内。九龙江海湾地区也就是现在的厦门港的南岸，开始以自己的方式，重新和世界经济接轨。

2007 年，漳州开发区重新修缮南炮台，南炮台成了海防文化景点和爱国主义教育基地，用自己身上的累累弹痕，讲述那些往事。

2017 年 4 月，中国海军编队第 26 次穿过厦门湾外的台湾海峡前往亚丁湾护航，这地方距离当年克虏伯大炮拱卫的海岸线存在一个遥远的距离。

2017 年 9 月，金砖会议在屿仔尾对岸厦门召开，中国、印度、巴西、南非，那些旧日的殖民地半殖民地国家首脑聚首讨论开展全球治理和区域合作，共促全球经济增长的热门问题。

历史的写法有很多种，唯有这一次最与众不同。

附录　电视人文纪录片《漳州商人》

解说词

这是一个曾经备受争议的商人群体。

当天朝子民还在痴心守望皇天后土的时候，他们已经碰撞了蓝色文明。

他们曾经和徽商一起泛舟大洋，迎来中国最早的资本主义萌芽。

他们曾经和东来的葡萄牙、西班牙人一起扬帆沧海，使漳州一度成为撬动中国东南沿海海上贸易的支点。

他们东渡台湾，闯荡南洋，南下开辟广州十三行……

500年前，他们的足迹已经到达今天的印度支那半岛、南洋群岛……郑和船队走过的航线，他们大多已经走过。

他们的故事，曾经被岁月遗忘。

他们创造的精神财富，终将被历史唤起，并由此见证，海西建设的历史进程。

一、航海时代

序 15世纪，中国以其富有强盛闻名于世界，欧洲各国正走出蒙昧时代，开始经济与文化的全面复兴。

1488年，葡萄牙航海家迪亚士率三艘帆船抵达非洲好望角。

1492年，哥伦布登上美洲大陆。

1498年，葡萄牙航海家达伽马到达印度古里。

原先分割的欧洲、亚洲、美洲不再是互不关联的世界。

“陆地到这里结束，海洋从这里开始”

正如四百年前葡萄牙诗人卡蒙斯所发出的人类宣言般的诗句所赞叹的那样，一个伟大的时代，随着新航路被发现，到来了。

在此之前的明永乐三年至宣德八年，郑和率兵士二万人、列舰三百艘，行程十万里，七下西洋，开启了中国航海新时代。按西元算法，这件事发生在 1405 年至 1433 年。

我们无法推测，大明宝船上的那些漳州船员在那伟大之旅中是否曾经为舰队星月领航，但我们知道，那是一片他们熟悉的水域，当郑和抵达爪哇、苏门答腊时，他的随从马欢在那里发现了许多漳州人的移民社区，那是随季风飘来的漳州商船留下来的。

在大明船队遮天蔽日的樯帆的背面，我们看到一个陆上强国的海洋理念。与那仅有了弹丸之地而不得不向海洋寻找前途的葡萄牙、西班牙不同的是，在巨人般的大明帝国的皇帝眼里，朝贡贸易才是最理想的贸易形式。海禁，则是维系帝国秩序最有效的办法。

对中国东南沿海世代以海为田的百姓而言，这似乎是一个前景暗淡的年代。

15 世纪，却是漳州人的航海世纪。

由于离帝国权力中心较远。九龙江口成了容易被忽略的角落，邻近的诏安湾也是。当海禁政策使其他曾经繁荣的港口城市沉寂的时候，素有航海贸易传统的漳州人在帝国统治的缝隙间逸出，开始以先进的航海技术推动亚洲水域的贸易活动。

这一时期，漳州航海势力以九龙江口为基地，以闽南方言为纽带，联合广东绕平和泉州同安人形成一个个海上群体、海上宗族。

在聚集起一支一支由数十艘船组成的船队，搭载上千名乘员后，正如伊阿宋带领古希腊的英雄们去寻找传说中的金羊毛那样，他们出发了。

海，给漳州人一个更为宽广的空间；船，给漳州人一个更为开阔的视野。

作为中原移民与当地土著的混血后裔，畲族的强悍民风和疍民航海基因，孕育出敢为天下先的海商群体。

他们扯起风帆，成为大海的主人。

我们可以从一个叫张燮的漳州人写的《东西洋考》中大致读到漳州航海势力的海上行走路线，当时，海上贸易对象发展到40余个国家和地区，这里面包括了郑和航程里共涉及30余国。西洋方向，主要有交阯、占城（以上现在越南境内）、暹罗（今泰国）、柬埔寨、大泥（今天泰国南部）、吉兰丹、丁机宜、彭亨、柔佛、马六甲（以上在马来半岛）、旧港、阿齐（以上在苏门答腊）、吉思地闷（今帝汶岛）等地；东洋方向，主要有大港、彭家施兰、吕宋、三宝颜、棉兰老、苏禄、民都洛（以在今菲律宾）、美洛居（今马鲁古群岛）、渤泥、文莱（以上在加里曼丹岛北部）等地。

这个时候，海洋交通贸易随着新航路的发现而打破洲际阻隔，海洋世界的经济互动突破局部模式，开始带有全球意义。

16世纪，葡萄牙的文件和航海图上，开始频频出现一个叫“漳州”的地理名词。那些刚刚与东方接触的航海人通常把闽南沿海叫“漳州”，因为这个区域有一个叫这个名字的港口城市，事实上，这个港口城市并不是漳州府城，而是50里外的月港。

1517年，仅仅这一年，便有13艘葡萄牙商船驶入月港。

最早进入漳州的有记载的西方人，很可能是一个叫乔治·马斯卡尼亚斯的葡萄牙人，在1518年驾船随返航的琉球船首次进入中国东南海区域，来到漳州。由于错过季风，无法前往琉球，便在这里停留到9月。

一位出生于那个时代的葡萄牙史家报道了这一事件:“他和他们一起沿漳州海岸行驶，那里是齐整的，散布着很多城镇、村落。这次航行中他遇到许多驶往各地的船只……”

乔治·马斯卡尼亚斯到达的这个地方，还在明王朝的海禁时期，却已经是人烟辐辏、商贾咸集的闽南一大都会。几乎每一天都帆樯如栉、货物浩瀚、市井歌舞管弦，充满了行乐的气息。

这个地方给他留下不错的印象，感觉上百姓似乎比广州富有，人也友善，而且他们携带的胡椒引起了漳州商人的兴趣，卖出了好价钱。

在乔治·马斯卡尼亚斯之后，越来越多的葡萄牙商船越洋而来，与漳州商人网络建立商务往来，九龙江口一跃成为东南沿海的对外贸易中心。

1541 年，有 500 多个葡萄牙商人，滞留在这一带，他们带来了中国人最喜欢的墨西哥白银，也带来了劫掠与战争。

今天的浯屿，看起来一片宁静平和。500 年前，这里是海商的天下。在这儿停靠的葡萄牙商船，掀动过数十年不间断的海外民间贸易潮。

在海洋利益的驱动下，九龙江口海湾地区、诏安湾地区出现由农业经济向海洋经济转型的萌芽，经商是所有人都知道的最好的职业，下海贸易只当做了一回远客，回家了邻里乡亲都争先前来庆贺；满载而归的商人将受到英雄般的追捧。这种风气，延续数百年之久。

有人论及漳州府时说:“府民原有三等，上等者以贩洋为事业，下等者以出海采捕、驾船、挑脚为生计，唯中等者力农度日，故各属不患米贵，只患无米。”

如同西方冒险家热衷于投资航海业一样，当地豪族及士大夫阶层纷纷成为大船主，在他们身边则形成由社会不同阶层组成的利益集团。这些带有资本主义萌芽状态的利益集团凭借着那一块块飘浮的陆地，随着季风四处游荡，不断探索财富增值的空间。

1458 年，漳州海商严启盛到达广东香山海域，吸引东南亚商人前来贸易，成为澳门最早开发者。

1471 年，漳州龙溪县商人邱弘敏到达满剌加及周边诸国。

1542 年漳州海商陈贵率领 26 艘商船到达琉球。

1544 年，一场莫名其妙的风暴将一艘漳州商船推向日本沿海，当船上的商品以数倍价格在当地售出后，成群漳州商船浮海而来……

漳州府城“尚书府”，是明朝南京礼部尚书、琉球册封使潘荣的故宅。在长达数个世纪时期里，作为藩属，琉球与中国良好的关系，也是漳州商人群起而至的原因。

许多年以前，那些仿佛天赋异禀的知名或不知名的漳州商人，和那些绕过好望角而来的航海者一样，朝向前方未知的水域，规划一条条新的航路时，他们一定拥有一种认知：贸易，是能够快速获取财富与荣誉的最有效的途径。

在无序而充满机遇的海洋世界竞争中，迫于生存压力和追求荣誉的商人群体往往以迎接挑战证实自己的实力。他们的强悍就像自然界的神奇力量，可以抗击任何风险；他们的坚韧，使他们像那些工艺精良的船，可以在数个世纪时间里不知疲倦地穿梭奔忙；而他们的精明，被旺盛的欲望驱使，一艘艘漳州洋船到处，不是风暴过后的荒芜，而是新生，这一点使他们和那些来自西方的贸易伙伴或者对手，有所不同。

漳州，曾经是中国比较落后的地区，现在，有了中国最富裕的一群人。

传统农业社会男耕女织的理想景象仿佛一夜之间消失了。在等待季风的日子里，这群不事农耕的人和他们的妻儿们住在深宅大院，穿绮丽的衣裳，品美味佳肴，享受着来自伊比利亚半岛的葡萄美酒带来的微醉，在柔软的音乐中轻歌曼舞的，有时候可能是美丽胡姬……这是被复原了的500年前的漳州商人的生活，细节来自当年的巡抚朱纨、名将俞大猷等士大夫阶层的文字记录，他们的复杂心情，并没有妨碍那个时代的海洋气息，以一种华丽的背影，遗世独立，成为黄色文明天幕下的一道奇特的风景。

海外贸易的勃兴，使漳州成为几种文明的交汇，1601年，天主教多明我会进入漳州，他们的影响延续至今。今天，散落在漳州的山涧水滨的伊斯兰教、印度耆那教、摩尼教遗址，依然弥散落着一股异域的韵味；而老城区那些洋溢着海洋气息的历史建筑，透过岁月雾障，让我们看到商业文化留给漳州人精神生活的深刻印痕。

随着漳州海岸地带局部区域社会海洋化，一种崭新的海洋意识，开始突破农业文明的禁锢而在那个遥远的年代焕出异彩，生活在诏安湾地区的一个叫吴朴的人在中国第一部水路薄《渡海方程》里发出一种声音：派遣海外都护、保护海商的利益。这是航海时代的胸襟。

大约在18世纪前，大汉帝国曾经以这种方式经略西域，成就了一条令人神思遐想的“丝绸之路”。

这个时候，葡萄牙已经在马六甲建立了他们的殖民地机构，探索东方的西班牙船队也即将启航，而大明帝国的皇家秩序仍然是海禁。

让我们把视线重新拉回风云变幻的1433年，这一年，郑和在古里逝世。

郑和之死并不意味着一个伟大的航海时代的落幕。

公元1434年，当一个和郑和一起同为正使五下西洋的叫王景弘的漳州人，率领那支仍然是世界上最强大的舰队在漫天云霞中做第八次远航的时候，他大约已经看到：他的家乡，有一个与当时的主流意识若即若离的群体，因为始终与海上强国葡萄牙一样扬帆万里，而将创造出灿烂的海洋商业文明。

这个群体，我们叫它漳州海商。

二、月港海商

序　16 世纪，西方航海势力侵入亚洲水域，明朝与东西洋各国传统的“朝贡贸易”走向衰落。而月港，却在这个时候走上世界海洋贸易的历史舞台。从明景泰年间兴起到万历年间全盛，历经两个世纪，是什么样的际遇，使一个原本默默无闻的小渔港赢得中国海外贸易体系中举足轻重的地位？

明隆庆元年（1567 年），一道圣旨让漳州商人欣喜若狂，明政府在月港开放“洋市”，准许商船从这里前往东西二洋贸易，月港成为当时中国唯一合法的商人出海贸易港，经历了一个多世纪朱明王朝的海禁高压，漳州海商第一次以合法商人的身份出现在他们历代经营的港口。

这一天，对所有的月港商人来讲，必定是一个阳光明媚的日子。

最先知道这个消息的，自然是福建巡抚都御史涂泽民，我们无法推测这位巡抚面对自己力争而来的这道圣旨是否曾产生过瞬间的茫然，漳州航海势力迎来壮大的一天，对仍沉醉在男耕女织理想图景的农业文明预示着什么？将是一个历史的变数。

对于月港商人来说，这道姗姗来迟的圣旨也不是朝廷的特别恩赐，这仅仅是他们用了一个多世纪的抗争最终以月港成为一大都会而得到的朝廷的有限认可。事实上，主流群体仍然以质疑的眼光看着九龙江口这一片土地的成长变化，因为它的繁荣而设置的靖海馆、海澄县，依然从名称上标志着王朝海禁基本政策不曾动摇。所以，月港是一个繁华的商港，海澄依然是个军事要塞，那些高昂在城墙上的炮口和邻近的海岸的卫所没有什么两样；至今仍沐浴在夕阳海风中的晏海楼所代表的并不是诗意岁月而是那个时代对海的警觉。

但是，曾经是灾难的海禁政策这个时候对漳州商人来说似乎预示着一种机遇，明朝皇帝在福建东南划下的这一道圈，使漳州商人在法律和秩序的框架下，成为撬动中国东南沿海海上贸易的支点。

月港开放这一年，按西元算法，是1567年。

4年后，西班牙航海势力从太平洋进入亚洲。

过了29年，荷兰人也进入这片水域。

海洋世界几股航海势力相逢在这充满危险的黄金水域，互为伙伴和对手，漳州商人在这场实力较量中脱颖而出。

那是波涛汹涌的海洋交响，弥漫着香料的芬芳、白银悦耳的声响以及呛人的销烟。漳州商人以他们留待评说的是是非非，演绎了变幻莫测的海上人生。

对于漳州商人来讲，他们毕生的荣耀都来源于那浩瀚无边的大海。在农耕社会，他们是身份模糊的人，巨大财富堆积起来的，不是等高的人生坐标。只有大海，才能带来他们向往的那种高贵与自由，所以，他们热心于航海，就像中原人热心于田园一样。

漳州航海历史非常悠久，五代开始通番舶，北宋朝廷在这里设“黄淡头巡检”，维护航道和招揽海舶。南北连绵各二百里的原始森林，使海舶，在宋代已被视为漳州土产。

浮宫，一个似乎不该被岁月遗忘的角落，若干世纪以前，当船舶云集如一座座海上宫殿时，我们已经看到航海贸易的先声。

这支锈迹斑斑的月港铁锚，寂寞的守望岁月，它身上曾经发生过的那些故事，只有辽阔的大海知道。

在漫长的航海生涯中，漳州海商已经有了一系列相应严密的组织系统和工艺精良的船舶，月港商船长达十余丈、宽三丈五尺、载重200～500吨，载员200人，一次船队出航往往乘员上千。做这样一条洋船大约要花费五千金，造价是漳州总兵俞大猷的战船的三倍，一年维修费又不下五六百金。船员已经有了精细的分工，除舶主外，设财副、总管、直库、阿班、头碇、二碇、大缭、二缭、舵工、火长。

舶主要么以豪族为倚靠，要么本身就是著姓宦族。一般商人只能依附他们出海。一只这样的商船，一般可依附数以百计的散商或雇员。而大"舶主"，动辄拥有商船数十艘，有如近代商业会社。这种由上千来自不同社会阶层组成的新的经济联合体，在进行资金重组的同时，也确定了早期资本主义性质的雇佣关系，最终以强大的集团合力，抗击来自社会与自然的种种风险。

那个时候，达·伽马刚刚进入东方水域，他的整个舰队乘员加起来是160人。最大的舰载重120吨。

月港贸易规模已超过马可·波罗时代的"东方第一大港"泉州港。

每年从月港出海的商船，有官方记载的，多则两百艘，少则七八十艘。17世纪初年多达300余艘，运载货物数万吨，在明朝，这已经是十分惊人的贸易量。张燮在《东西洋考》记录了漳州商人的足迹遍及30几个国家，与月港有贸易往来的多达47个。包括今天的印度支那半岛、南洋群岛各国和朝鲜、琉球、日本。有据可查的进口原料多达147种，同时，国内大量丝绸、瓷器、铁器等手工业品也集中到月港等待出海。一时间月港集五方商贾，分市东西路。十三行里，通事和牙商是最忙碌的一群人，人们用番银交易，议价时讲的是不同国家的语言，五十里外的府城成了繁忙的加工场。来自欧洲的自鸣钟和来自日本的天鹅绒迅速被仿制，来自美洲的花生、番薯和烟草也由月港传入中国。《龙溪县志》记载："城闉之内，百工鳞集；纱绒之利，不胫而走；机杼声声，轧轧相闻，非尽出女子之手。”漳州手工业，已由家庭副业向专营作坊发展。

在国际市场上蒙着神秘面纱达400年之久的“克拉克瓷”，也在这时候，从漳州的深山茂林，经由月港，最终成立欧洲上流社会对遥远的东方之国的最初想象。

1602年，荷兰东印度公司俘获一艘装有10万件中国青花瓷的葡萄牙商船“克拉克号”，在次年阿姆斯特丹拍卖会上，这批青花瓷成了法国亨利四世、英王詹姆斯一世及欧洲权贵争相追逐的对象。由于产地不明，这批青花瓷被命名为“克拉克瓷”。今天，在东亚、西亚、北美、北部非洲、南部非洲，沉船考古挖掘中仍然大量历史遗存。20世纪90年代，“克拉克瓷”最终被证实为世界十大名瓷之一的“漳瓷”。今天，平和南胜、华安东溪，那些星星点点隐藏在深山茂林间的古老窑址，依然让人联想起许多年前昼夜不停地赶制外销瓷的熊熊炉火。

在这种眼花缭乱的生活中，月港成为欧亚贸易体系的一个传奇港口。万历四十二年（1614年）八月初五，突如其来的台风使月港洋船一天损失数十万，台风过后月港繁忙如初。

容川码头，泊着幻境般的晚风夕阳，那段流金岁月，如同它的捐建者蔡志发一样杳如云烟，只有那通往水面的石阶，似乎还回荡着遥远的回响，日复一日，年复一年。

饷馆码头，月港黄金岁月的另一个见证，当督饷馆的税吏们向泊岸的商船征收银两税的时候，他们似乎还没有意识到，他们正经历着中国海外贸易史上关税制度的一项重大改革，

今天，月港溪尾，不足一公里的海岸，就有7个古码头遗址，它们承载过历史，又曾经被历史忽略……

皇家秩序，并不妨碍漳州士大夫阶层对海外贸易的理解，一个叫郑怀魁的漳州诗人以他的《海赋》，铺陈出心灵的震撼。“富商巨贾，捐亿万，驾艨艟，植参天之高桅，悬迷日之大篷，约千寻之修缆……发棹歌、经通浦、历长洲、触翻天之巨浪，犯朝日之蜃楼……持筹握算，其利十倍，出不盈箧，归必捆载。”

而明王朝的大中丞、龙溪人周起元则直截了当地把商人云集的月港理解为“公私并赖”的“天子南库”

无论是士大夫还是商人都已经看到，海商崛起，改变了宋元以来白银外流、海外贸易入超的现象。这一改变，一直延续到1840年，终于引发影响中国历史进程的鸦片战争。万历二十年（1592年）起，每年从马尼拉流入中国的白银200万元，贵金属白银日益加入流通领域，促进了商业资本的发展。明朝中叶，漳州只有6个县11个市镇，到明晚期，漳州已有10个县72个市镇，府城拥有32条街道，成为福建著名的商业城市。

万历年间的漳州府城“甲第连云，朱甍画梁，负艳争丽。海滨饶石，门柱庭砌，备极广长，雕摩之工，倍于攻木”、“闽会之南，此为乐土”。

商业文明塑造出一种有别于中庸之道的人物性格。王世懋在《闽部疏》这样说：“漳穷海徼，其人以业文为不赀，以舶海为恒产，故文则扬葩而吐藻，几埒三吴；武则轻生而健斗，雄于东南夷，无事不令人畏也。”

对海洋社会而言，航海，就是一种获利丰厚的商业活动，追求最大限度利润的商人的法则，使航海行为成为一种自觉。当月港的商船在辽阔的大洋上从一个港口驶向另一个港口的时候，海商所期望的，绝不是郑和时代那种宏阔的政治理想下的朝贡贸易，而是八倍至十倍的航海利润。

月港的繁荣改变了中国对外贸易一直以外国人来华贸易为主的格局。以后几个世纪，漳州商人尽显风骚，当下一个王朝来临时，人们将看到他们在广州十三行十分活跃的身影。

随着月港商船的起锚，漳州历史文化中的那种无法抹去的海商情结，就像这座为了纪念一位著名的将军而屹立近400年的岳口石牌坊，岁月风沙蚀去了石头要讲的故事，而刻在石头上的那个留着山羊胡子的欧洲商人面目清晰如初。

整个中国，海洋气息和古典精神如此完美地相互融汇的石坊，仅此一座。

16世纪下半叶，随着月港开市，九龙江口海湾地区的海商以合法身份参与的亚洲海洋竞争完全显示出它的区位优势。随着1571年西班牙海洋势力从太平洋西进亚洲占领吕宋，一条以马尼拉为中转，联结月港和墨西哥西南港口城市阿卡普鲁多可的大三角航线，使亚洲东部的海洋社会经济圈和拉丁美洲市场迎面交汇，著名的大帆船贸易由此产生，月港商船每年运载着成千上万的漳州商人跨越那片黄金水域；吕宋（菲律宾）近三万名漳州商人在那里从事贸易活动；马尼拉，大约有一万四千名商人等待季风从中国带来财富的消息；而在更为遥远的墨西哥，大约有一万八千人从事丝织品制造，其原料主要来自漳州。当经过漳州工人的手摩挲过的如肌肤般柔软的丝绸，在万里之外的欧洲上流社会仕女身上随风婆娑的时候，美洲的白银泛着漳州外销瓷般悦耳的音响开始源源不断地流入中国商人的钱库。

从明朝中叶到明代后期，漳州商人扬帆于亚洲水域各个港口，以激流勇进的姿态，迎来他们的黄金岁月。

三、闯荡南洋

序　17世纪上半叶，远东水域的中国海商集团分化重组，诸雄并起。曾经给漳州商人带来巨大机遇与荣耀的月港逐渐淤塞而淡出。漳州商人继续活跃在强手如林的海洋世界舞台。在以后的几个世纪，扮演一个十分重要的角色，并孕育出无数的商业巨擘、商业宗族。

是怎样一种神秘的力量，使漳州商人保持这种坚韧的生命力？

与航海贸易紧密相连的，是大规模的海外移民活动。

如同走西口、闯关东一样，下南洋，是人类世界移民史上的一次壮举。

明代中后期，人口增长的压力和海外贸易所展示的诱人前景，使漳州地区出现人口大流动的趋势。

生活在沿海角美镇鸿渐村的许氏族人，从明成化年间有人定居吕宋起，至1491年，村民十户有八九户往南洋谋生，菲律宾著名的许寰哥家族来源于这个村落。至今保存的建于明成化年间的“郑和庙”似乎显示着与那次远航的渊源；而远居山乡南靖梅林村，阳春三月，梅青时节，一年一度的海神妈祖祭祀活动，隐约着土楼人家与海洋的精神关联。今天，生活在南洋诸国，有据可查的漳州人仍有数十万人。依靠与人数众多的移民社会良性互动，漳州商人久盛不衰。

早在郑和下西洋之前，漳州商船在下海贸易的过程中，已经在沿途的港口建立了一个又一个漳州人的聚落。吕宋离漳州最近，地方也富饶，商人到这儿往往久滞不归，到嘉靖年间（1522 ~ 1566年），中国商贩达三万，而漳州商人占80%。一幅绘于1613年的马六甲城市地图上，已有“漳州门”的标志。

而随漳州商船一路漂洋过海的漳州神祇，带去的将不仅仅是一种信仰、一种精神依托，或者异乡客对故乡的温暖的回忆，它们将在多元文化社会里建立一种人与神、人与人之间的相互信任与理解的关系。

这些移民社区，往往有自己的自治组织，群体成员又往往从事相关的行业，而很快在当地形成具有强大影响力的商业网络。所在地当局，往往不得不依靠他们的首领进行管理。海澄商人颜思齐，在操持与日本、荷兰东印度公司的贸易中成为长崎一带的华人首领，人称“东洋甲螺”；距离赤道 100 公里的马来西亚特区马六甲城，这是郑和五度造访的城市，街上古老的民居，使它像一座闽南城镇。17 世纪上半叶荷兰人占领期间，它的首任甲必丹是龙溪商人郑芳扬。今天，在他的家乡榜山镇文苑社仍保存着的明代族谱，记录着他的名字；漳州天宝韩氏，这是一个在 1000 多年前随唐开漳圣王陈元光从中原迁徙漳州的古老家族，18 世纪初，从这个家族的一个叫武松的前往爪哇（印尼）开创事业开始，在 18、19 两个世纪里，前后有 32 人出任各地的甲必丹、雷珍兰。

重商主义是漳州历史文化的一个深刻的烙印。南靖塔下，这个风景秀美的地方是漳州一个著名的向海外移民的村落。在塔下张氏祖祠门外，那些彰显家族荣耀的石旗杆上，能将名字与仕途显赫的人一同刻入石头的，还有另外一种人——外出闯荡造福乡里的商人。

航海及贸易的传统，使这些闯荡南洋的人，成为影响社会生活的一股力量。

在闽南话里，从商叫“做生理”。在漳州人心目中，“过番”和“做生理”几乎没有什么本质上的不同，地狭人稠，既然能出去就是大海，“过番”，自然代表一种新的生活希望；在异国他乡，“做生理”是一种必然的结果。“做生理”的人如此普遍，以至“生理”成了菲律宾西班牙语对华人的称呼。他们中的一些人，最初，可能只是小商小贩，手持一杆秤两个土布袋，走村串户，向当地农民收购一些胡椒，待家乡的船到了，再把它们出售。然后，他们有了自己的小店，做了零售商。遇到货物价钱太贵的时候，他们就几个人联合，把这些货物买下，再按个人投入资本的多少划分利润，这种类似近代股份合作的方式，使他们无须欧洲人援助，也能打开市场，减低交易风险。再后来，闽南话里有了“公司”这个词，而这个词最终进入现代汉语。

这些闯荡南洋的人，他们的信息勾连最初由一种叫“水客”的人完成。

1880 年，一个叫郭有品的漳州“水客”在自己的家乡九龙江口流传村创办“天一批郊”，经营侨批业务。“天一批郊”诞生时间比大清邮局还早 16 年。17 年后，批郊改称“郭有品天一汇兑银信局”。总部仍在流传村，设香港、上海、厦门等 9 个海内分局和菲律宾、马来西亚、越南、柬埔寨等 22 个海外分局。一些年前，郭有品神情恬淡地在这栋“番仔楼”里品茗，楼外是宁静的小乡村。在他的调度下，每年有 1000 万 ~ 1500 万银元，经由纵横交错的侨批网络，流向都市山间。

同样在这个时候，乔致庸和山西商人们也在他们光线暗淡的票号里轻挑细捻着中国经济的某一根神经末梢。他们大约没有意识到，在后人眼里，充满平民化色彩的侨批业和富贵气十足的山西票号已然成为中国金融业的两朵奇葩。

在相当长的一段时间里，这种“海上票号”深刻地影响人们的精神生活，它是希望的征兆、是平安的信息、是生活的来源。

“天一信局”的出现，是漳州移民经济发展的产物，是漳州商人与移民社会互动的结果。它以规模大、经营时间长、海外网点多、影响深远而在我国邮政史、金融史、华侨史上有重要地位。

闯南洋的漳州商人中，有许多有机遇不错的人，开始有能力与所在国政府建立比较密切的联系，有的进入政权上层，有的被任命为港务官参与海外贸易管理，有的充当外交使节，指导王室贸易事务。1438年，爪哇国使团向明英宗朝贡，使者亚烈、马用良，通事良殷、南文旦奏称自己是龙溪县人。海澄人吴阳，初到暹罗宋卡城时，这地方还是荒芜之地。吴阳先种植后经商再做税吏，1775年被吞武里王朝郑皇信封为宋卡城主，世袭八代121年。现在的宋卡，是泰国南部重镇。

今天，那些散落在漳州大地的为数众多的华侨住宅，因为见证了漳州商人的奋斗、成长，融汇了他们曾经的乡土理念，而成为漳州历史文化的一道别具韵味的景观。

始建于1880年的长泰坂里新春村“将军第”，占地6300平方米，这是荷印时期望加锡甲必丹汤河清的故居，门楣上李鸿章的题匾，至今仍然彰显着这位因捐巨资赈济山西灾民而被授予顶戴花翎副将衔的南洋富商的荣耀。

始建于1881年的龙海浮宫美山村南川郑氏大宅，雕梁画栋，勾连铺陈，三十年的工期，100万两的耗银，营造出印尼富商郑永昌对生活的全部理解。

始建于20世纪50年代的市区华侨新村，火红的凤凰花至今仍让人回想起游子的故园的情愫。

在西方殖民统治时期，这些没有帝国的商人仍然依靠与移民的良性互动，从商贸向产业、从海洋向内陆渗透，经济实力更加强劲。陈齐贤，“马来西亚橡胶艺祖”；林文庆，祖籍海澄，“马来西亚橡胶种植之父”。他们在英国人黎德利的帮助下在马来西亚试种橡胶成功并制成第一批胶片，这是马来西亚橡胶业的起点，此后，漳州人在这个地区掀起了种植橡胶的狂潮。现在马来西亚橡胶产品跃居世界第一。

林文庆后来做了陈嘉庚创办的厦门大学的校长。他的学校，有林语堂、鲁迅这样的文化泰斗。他的文化气质，使他看得比别人更远。

鼓浪屿笔架山的林文庆别墅现在掩映在一片古木中，宁静悠远；新加坡中峇鲁区“陈齐贤”街依旧繁华。

在跨文化的南洋社会发展史上，独具商业天分的漳州人以兼容并包的风格写下最浓墨重彩的一笔，诠释了什么是生存智慧。

今天，新加坡仍然保留了许多与漳州商人有关名称：“金钟街”、“金钟山”、“推迁路”、“推迁花园”、“和坂基”、“秉祥基”、“陈笃生医院”、“芳琳公园”、“芳琳巴刹”、“芳琳街”、“芳琳码头”……他们为之奉献过的城市以这样的方式纪念他们。

也许我们需要记住更多的闯荡南洋的漳州商人的名字：

薛佛记，祖籍漳浦，新加坡福建帮开山鼻祖。

陈金钟，祖籍海澄，新加坡海港的奠基人，新加坡福建会馆首任主席、暹罗国王拉玛四世派驻海峡殖民地钦差大臣兼总领事。

林秉祥，龙溪县人，曾任新加坡华商总会会长。

杨天恩，经营漳州“杨协成”酱园，至20世纪80年代，“杨协成”事业发展到新加坡、马来西亚、菲律宾、泰国、加拿大、英国，成为食品罐头大王。

杨元藻，长泰县人，沙捞起首府古晋的开发功臣。他建成的具有历史意义的万福码头，带动沙捞越河两岸的矿产聚散。

许泗章，龙溪县人，带领华侨开发暹罗拉廊，任拉廓府尹。

汤河清，长泰县人，荷印时期望加锡“甲必丹”。

杨纯美，漳浦县人，曾任万隆中华会馆主席、中华商会会长。

简羡强，南靖县人，经营船运及五谷杂物批发，缅甸侨领。

陈祯禄，南靖县人，1949年发起成立马华公会，任会长。

……

成千上万的漳州商人，以自己的传奇经历，演绎出华美的财富人生，最终跻身于现代南洋华人社会的主流。

今天，我们已无缘捕捉他们走向人生巅峰那一刻的生动表情，他们的年代，已经淡出人们的视野，而他们的故事，将继续下去。

四、宝岛垦首

序　1544年，一艘葡萄牙商船从台湾海峡经过，黎明时，值班水手突然发现宝岛绮丽的景色，情不自禁高喊："Ilhas!formosa!o!formosa.(岛！美丽啊！噢，美丽啊！)"这是"福尔摩沙"，即美丽岛的由来。

事实上，早在史前时期，存在于漳州东山与台湾之间的海峡陆桥已经是人类前往台湾的必由之路。公元前，中国人称之为"岱员"，三国时东吴大将卫温造访时，它叫"夷州"，明朝万历年间，开始使用"台湾"之称，而漳州话则叫"台员"、"大员"。

这个中国最大的岛屿，由人烟稀少的荒岛，短时间内高速发展成一个汉化社会，最终在清末成为中国经济较为发达的地区和面积最小的省份。是哪一种力量，在推波助澜？

如同闯荡南洋一样，过台湾，也是人类移民史上的一次壮举。

台湾，从一开始便是一个重商的社会，大约在1684年至1894年这二百余年里，漳州向台湾的移民达五十余万人，正在成长的台湾社会顺理成章地得到了一件极有意义的原乡礼物——重商主义。

月港的兴起，成就了漳州16、17近两个世纪的黄金岁月的同时，也塑造了漳州人的重商观念。当一群群来自漳州的垦荒者怀揣着希望踏上彼岸的时候，他们的心情，也许和那些挣扎在冰天雪地里的北美淘金者没什么两样。

1624 年八月二十三日，漳州海澄人颜思齐和他的 28 个结盟兄弟率领 13 艘大海船由日本横跨海峡抵达台湾笨港，这个植物繁生的飞禽走兽的乐园大约给疲倦的旅人展示出美好的前景，颜思齐随后派人到故里招募了三千漳泉子弟。以诸罗山为基地，伐木辟土，形成十个营寨。接下来，台湾历史上最早街市在笨港东南平野出现了。井字形的街市分成九区，秩序井然，仿佛预示了这个荒岛未来社会的远景。

颜思齐带来的那 13 艘商船，继续他们熟悉的海洋贸易。

这个时候的台湾海峡，是东亚最重要的国际通道，从月港到西班牙人占据的马尼拉，到葡萄牙人占据的澳门以及东南亚诸国前往日本，几条著名的航线，都从这里经过。迟来的荷兰人，寻求这一区域的海上霸权，以期控制整个东亚贸易。

贸易、战争以及多国外交卷起千层波浪，使这个美丽岛充满机遇与风险。

不过，对面的家乡最快时一昼夜即可到达，当从数十个港口源源不断输出的移民凝聚成团开拓生存空间，陆地成了据点，海洋成了生命线。

这次由漳州海商组织的拓垦行动，拉开了台湾历史上大规模拓垦活动的序幕，并成为后来这类活动的摹本。土地和海洋，从此成了上天给予台湾移民社会的厚赐，农耕文化与海洋商业文化，被雕琢成社会文化两块的基石。台湾日后的社会，正如这次拓垦行动所预示的那样，对传统主流文化的努力追寻和对现实规范的不断超越的企图，编织出一幅异彩斑斓的现实图景。

颜思齐由此被尊奉为“开台王”，他死后，他的事业由一个叫郑芝龙的结盟兄弟继承，并在以后形成了一个足可与荷兰殖民者相抗衡的

“海上商业帝国”。依靠这个庞大的商业帝国作后盾，郑芝龙的儿子郑成功成了中国历史上著名的驱荷英雄。

土地拓垦是清代台湾最基本的经济活动。漳州移民一旦踏上莽荒之地，环境的挑战迫使人们以血缘、地缘关系建立起一个个拓垦聚落，一些有能力的人成为“垦首”。垦首向政府领取“垦照”。拥有一定土地后，投入资金，集结人力，组织拓垦，收取地租。这些大片土地所有者不再是简单的农业生产者，而是随时准备以智慧创造奇迹的农业资本运营者。

颜思齐之后，诏安人林克明，府城人林永耀，海澄人郑维谦，南靖人郭元汾，漳浦人吴沙、陈辉煌，前后 100 多位漳州垦首登上彼岸，寻找自己所期望的新生活。

东山铜陵，建立于明洪武二十年（1387 年）的东山关帝庙，倚山临海，遥望台湾海峡万丈碧波，这是台澎众多关帝庙的香缘祖庙。数百年前，当人们作别故土和家园，作为信义象征的商业守护神，一路守护人们踏上征程。

到清末，台湾已经由一个荒岛，一跃成为中国经济比较发达的地区。

许多年前，当成百上千的漳州农家子在垦首林天成的率领下，赶着耕牛、挥着锄头、唱着家乡的歌谣出现在板桥平原的时候，一个拥有数万亩土地却毕生耕作的农民商人和一个叫“林成祖”的垦号从此成为板桥的最初形象。

今天，在台南平原、台中盆地、台北盆地、宜兰平原，在那些漳州人的聚居区，在那些青翠的稻田、蔗林、茶园之间，那些最初的移民大军和他们的传奇领袖所演绎的不凡经历，依然是这个地方历史文化中最精彩的一笔。

在台湾开发的历史上，我们看到一个传统的农业社会遥不可及的财富神话，当一幅田园牧歌式的美景在青翠的大地上徐徐展开的时候，在峰峦之上遥看风景的，不再仅仅是脚踩黄土背朝天的农夫。

祖籍漳州平和的雾峰林家从一无所有到拥有两万甲山林、五百处糖铺、樟脑铺，所用时间不过百年，这种滚雪球式的财富增长速度除了彰显这个拓垦家族传奇经历以外，也演示了一场重商观念对传统农业社会的颠覆。

雾峰林家的兴起源于一次事变。台湾历史上曾经发生过一次漳州人林爽文组织的农民起义，时间是乾隆五十一年（1786 年），一个住在台中大里杙的叫林石的漳州农民，因为受到牵连而失去土地，他的长媳黄端娘不得不带着儿子林琼瑶、林甲寅仓皇来到雾峰。雾峰是有猎头习俗的泰雅人的住地。我们已经无法想象经历战争浩劫的林家母子最初的生活，但林家的命运这时已进入拐点。在以后时间里，林甲寅和他的子孙们将产业扩张到阿罩雾圳和乌溪以北地区。雾峰地区迅速发展成台中盆地上漳州人的一大农业聚落。光绪年，林家靠专卖樟脑获利，仅 1894 年一年出口 398 万斤，价值 128 万元。一举取代德国人开设的公泰洋行在业界的地位。林家成为台湾巨富。

当林甲寅远在山间伐薪烧炭、躬耕垄亩的时候，他大约未曾料到，数十年后，他的儿孙们又重回大里，兴建市街，开设商铺，做了一件让他们的先祖十分光耀的一件事。

在中国的封建王朝历史走向最后没落的年代，当无数的中国农民背负大地将年年有余作为终极理想的时候，雾峰林家以其亦农亦商的经历，实现了从小人物到大赢家的家族梦想。这个家族的成长历程，是台湾近代社会经济发展的一个缩影。

到清末，商人的影响渗透到社会各阶层，他们成功地介入社会政治，甚至负担起地方防务，成为不可忽视的政治力量。

如同最初的月港船主能够吸纳成百上千的散商一样，垦首的周围也往往聚集成这样的一群佃丁。这种由不同的社会阶层组成的利益集团以其地缘、血缘关系而显示出浓厚的亲情乡谊。关键时刻，佃丁和垦首站在一起。

光绪十年（1884 年），法军犯台，林文察的儿子、台湾中军统领林朝栋率两千多乡勇，给傲慢的入侵者以重创；台湾割让日本后，林朝栋组织义军继续他们不屈的抵抗……那些亦农亦兵的垦丁，和他们的首领一样，朴讷坚武、生死相托，为时人称道。

雾峰林家这种亦农亦商、政商一体的家族成长经历，为人们描绘出一种二元结构的社会现实生活，既固守传统文化的核心价值观，又与浓厚的地域观念难舍难分。那绮丽变幻却又充满张力的生命底蕴，正是农耕文化与海洋商业文化在台湾社会政治生活留下的深刻烙印。

今天，雾峰林家祖地平和埔坪村，林氏宗祠悬挂着“四世大夫”、“太子少保”、“四代一品”、“武威将军”匾额，和雾峰林家如出一辙。

1904 年，林朝栋的儿子林祖密不顾日本殖民政权的阻挠回到内地，林家为此失去在台湾的山林二十多万亩，五百多处樟脑作坊、糖铺悉数尽废。

鼓浪屿“宫保第”，暮色苍苍，苔痕漫漶，回归故园的林祖密，在这里大约有过许多不眠的夜晚。

林祖密后来参加了孙中山领导的国民革命，自筹资金组建闽南军，倒袁护法。卸甲归田后，又办公司、建林场、开煤矿、修水利，实业救国，直到最后被军阀杀害。

林祖密以自己的生命和百年家业作代价，实现自己的家国理想，彰显了漳州商人的精神特质。这是台湾拓垦家族谱写的最华彩的一笔。

五、百年商族

序　在台湾社会发展过程中，以血缘、地缘为核心的家族式的经营管理模式，成为台湾商业文化的一种普遍现象。从白手起家到形成优秀的家族精神，父业子承、代代相传、贡献家族、造福乡里、服务国家，个人荣辱和家族兴衰，折射出台湾社会的发展变迁。这是一种简单的宗族血缘观念的延续？还是儒家思想与漳台地域文化长期渗透的结果？

1905 年，一个叫林尔嘉的龙溪籍商人，做了一件让朝廷刮目相看的事情：一次性捐出 200 万两银子，作为重建大清海军的经费。

这笔银子，几乎是中日甲午海战前 20 年日本每年的海军投入。

朝廷最终没有兑现自己的诺言，重建海军的银子最终成了颐和园的修缮款。

当王朝振兴的神话像气球一样破裂，台湾百年商族林本源的掌门人林尔嘉回到鼓浪屿“林氏府”，八角楼富丽的气息并不妨碍他遥看海那边的百年基业。

这一年，距林本源家族创始人林平侯从老家漳州府龙溪县二十九都白石堡莆山村迁居台湾淡水，已经过了 120 余个年头。一个自始至终以龙溪为本源的商业家族的兴起，脉络清晰地折射出台湾近代社会的历史进程。

林平侯到达台湾不过 16 岁，时间是乾隆四十五年（1780 年）。这个时期，已是“康乾盛世”的尾声，台湾平野移民涌动，社会充满张力。每年有数百艘商船往返两岸之间，为与大陆互为依存的海岛型的经济社会发展带来巨大的空间。教书先生的儿子和新庄米店的学徒林平侯用20年时间迅速完成资本积累，开米店、做盐商、当船主，不到四十岁，已有身家数十万。

一个故事曾经广为流传：东家郑谷赠千金帮助林平侯开创事业；做了粮商的林平侯为了不与老东家竞争，把营销视线转向大陆东南，却因闽浙粮荒而获厚利。一些年后，郑谷回乡养老，林平侯打算将当初赠金连本带利归还，郑谷坚辞不受，林平侯只得置下产业，每年将租金送往郑谷老家，终其一生不曾改变。

林平侯和他的老东家仗义守信的性格特点，为当年漳州商人群体在台湾社会活动做了一个漂亮的示范。

林平侯有五个儿子，所以便用了“饮、水、本、思、源”五个分号，其中以“本记”和“源记”对家族影响最大，所以林家族号便成为“林本源”。以后一百多年，这个家族就像它的族号所预示的那样：不断进取，回归本源。

嘉庆二十三年（1818年），这是非常吉利的年份，林平侯举家迁大溪，投入巨资，开发土地。在台湾历史上，拓垦是一件非常有潜力的商业活动，许多漳州人正是以这种方式，奠定百年基业，而为家族未来规划出一个广阔的空间。

在林本源悉心经营下，漳州人聚居的大溪迅速繁荣起来，林家土地也从大溪扩展到新竹、桃园、台北、宜兰，成为台湾北部一大地主。在大溪，林家一年可以收几万石租谷，收获季节，几个租馆需要日夜不停地工作。

道光元年（1821年）。成为红顶商人的林平侯回到莆山村，建立“林氏义庄”，赈济同宗乏族。这是当时福建最著名的慈善机构。

林氏义庄坐落在九龙江下游三叉河口北岸，主体建筑由三座一字摆开的大厝组成，前后两进。东西各有护厝。是村里最阔气的建筑。镶嵌在过廊墙上的碑记记载：以淡水海山堡水田四十三甲八分四厘二毫充作义田。这片相当于500亩左右的土地，年收租谷1600石。此后，莆山村贫困村民，娶亲的都能得到200两银子的补助。冬至的时候，男人能够领到一丈棉布，立春的时候，女人可以领到三斤棉纱。这规矩一直延续到1937年抗战爆发、海路中断。

祖先的善念，在家族中贯彻116年，那显赫的族号所标示的深刻地印入家族集体意识里。也许正是这种传承，使林本源家族积累起来的，不仅仅是财富，也是这样让他们成为移民领袖的社会声望。

咸丰三年（1853年），林家第二代主人林国华、林国芳兄弟举家迁到板桥，成为台北地区的漳州人领袖。咸丰五年，板桥城动工兴建，这是台北平野上的第一座城。林家在城里开租馆、设钱庄、创商行，办义学，渐成台北县商业、文化中心。光绪初年，林家又在城内兴建五落大院和一座原乡情调的花园。花园里亭台楼阁，掩映在一片青翠之间，小桥流水，轻风和鸣，汲古书屋的琅琅书声，仿佛是商业巨族从容淡定的心态。

那时候，台湾移民聚落的市政建设，也正像板桥城一样，急急地进行着，并且透露出一种浓浓的闽南商业文化气息。桃园、彰化、南投、北港、嘉义、新营、凤山、恒春、花莲……一座座商业城镇的勃兴，标志着台湾早期移民已经从乡村走向城市，台湾社会已经从农业社会向工商社会转型。而充满活力的一条条市街，让人们看到了两岸之间的商业文化渊源。

作为伴随着台湾开发而发展壮大的家族范例，林本源的发展过程充满变数，每一次迁徙，都是一个拐点。不断拓进、不断壮大，仿佛是台湾移民社会的一种普遍规律。

林本源的事业在第三代林维源时期达到巅峰。光绪十一年（1885

年），中法战争刚刚结束，台湾建省，刘铭传出任巡抚。这个眼光独到的军人下车伊始就实行一系列改革，设防、练兵、抚番、清赋，迅速兴办近代工业和商贸业。这种以商求富的强国理念正是当年许多中国人的心声。林维源随即出任垦务兼团防大臣，筑基隆港，建台北城，以总办身份修筑从基隆到新竹的铁路，这是我国第一条自筹资金、享有主权的铁路……台湾盐、矿、农、工、商、交通各项事业为之一振。在封建王朝走向没落的时候，这个新生的省份却吹进一股清新之气，开始向近代社会转型。林家事业占尽天时地利人和而达到巅峰，田园数量居全台第一，板桥林家从此被称作“台湾第一家”。

在板桥林家走向全盛的时候，台湾也发展成为中国经济较为发达的地区，台湾首富林维源的资产超过 1 亿 1 千万元。几乎等同于朝廷一年的财政收入，那时朝廷的财政收入一年大致在 8000 万两，而曾经极其显赫的晋商曹家，鼎盛时期资产约 2000 万两白银，大致是林家的四分之一。

甲午战争后，台湾沦为日本殖民地，林维源举家内渡。此前他捐银 100 万两资助抗日军民，稍后，他又打算捐银 400 万两作为赎回台湾的资金。

在鼓浪屿“小板桥”寓所度过了一段寂寞的时光后，林维源于光绪三十一年（1905 年）逝世，归葬莆山社故里。

林本源由林维源的儿子林尔嘉继续执掌。

在经历了“捐银”事件后，林尔嘉淡出仕途。鼓浪屿的风声涛声、海峡两边的家事国事，道不尽百年沧桑事。只有八角楼那些灵动的白鸽在林家儿女们的欢笑中展翅欲飞的样子，才是生活中最温暖的情节。

宣统三年（1911 年）林本源分家，书写了一百三十余年家春秋的商业巨族宣告解体。

这一年，辛亥革命爆发，中国最后的封建王朝在秋风落叶中谢幕。

林尔嘉在鼓浪屿海边修建菽庄花园，过起吟风咏月的日子。那种浸润西风却不放弃精神本源的人文情怀，有时让人想起那个也曾住过鼓浪屿的廖家女婿、一样是龙溪人的文学大师林语堂。

台湾光复后，林尔嘉再返板桥，重振家业，直至1951年病逝，留下许多传说，和那巴洛克式的八角楼，以及那座美丽的海滨花园，供人记忆。

让我们聚焦这一张照片，1915年，似乎是一个春暖花开的时节，大清王朝的离任侍郎林尔嘉一身洋装独自立庭院，嘴角轻抿，那悠远的眼神，仿佛浓缩了林本源家族百年历史……

六、世界商人

序　17世纪，大清帝国进入“康乾盛世”，在平定三藩之乱和收复台湾后，部分解除了明朝以来的海禁政策，于康熙二十三年（1684年）设粤、闽、江、浙四大海关，开海通商。乾隆二十三年（1757年）一道圣谕改变海外贸易发展格局，朝廷撤销闽、江、浙海关。广州成为中国唯一的合法海外贸易港口。中华帝国和西方各国之间的贸易，都以此地为中心，广州成为中国走向世界的门户。欧洲、美洲、亚洲、太平洋诸岛国以及中国各省份的商人趋之若鹜。古老的中华帝国在巨大的满足中走向全盛，欧洲则正孕育着一场日新月异的产业革命。在这风云涌动的国际形势下，漳州商人将如何继续寻找自己的舞台？其间又曾发生过哪些鲜为人知的故事？

2006年7月18日，瑞典仿古船“哥德堡”号沿着昔日的“海上丝绸之路”抵达广州，一段尘封200多年的中瑞贸易历史浮出水面。

这一天，漳州角美文圃山潘氏祖祠沐浴在一片霞光中。从这里走出去的广州十三行行商首领潘启，是那段中瑞贸易的见证人和参与者。

十三行，是清代广东经营对外贸易洋行的统称，十三行创立“公行”独揽中国对外贸易85年，潘家作为十三行首领达39年。历经乾隆、嘉庆、道光三朝，成了十三行历史上赫赫有名的潘启官家族。

让我们把时间带回1744年。这一年9月，一艘名叫“哥德堡”号的瑞典东印度公司远洋商船来到广州，这是它的第三次也是最后一次中国之行。一年后当装载着700吨总值250万西班牙银元的中国商品在家乡码头不到1公里的地方触礁沉没。据说，当年打捞上来的商品不足货物1/3，但是，这1/3已经足够收回远航的全部成本，并且还足够再造一条“哥德堡”号。

海洋贸易的巨大利润，吸引世界各地商人云集广州，康熙二十四年（1685年）到乾隆二十二年（1757年），这72年间，到达广州的外国商船312艘；而乾隆二十二年到道光十八年（1838年）的81年间增加到5107艘。

秋季，借助强劲的信风，这些洋船汇集黄埔，广州进入贸易季节。今天的广州秋交会，似乎还带着当年的影子。

大约在老“哥德堡”号抵达广州的这一年，潘启创立了日后商务冠于一时“同文行”。

潘家发家人潘启的一生颇有传奇色彩。文圃山，现隶漳州，与明朝中国唯一的合法外贸港口月港近在咫尺。这一带百姓出海谋生是一种传统。潘启先后三次往返马尼拉从事贸易，他的最初财富大致是从航海贸易中赚取的。而那日后让他在十三行如鱼得水的一口流利的葡萄牙语和西班牙语，我们也很容易地推测出他最初的贸易伙伴的来历。

在长期的海外贸易中，漳州商人积累的巨大的贸易网络和资本，并没有因为月港的淡出而失去舞台。“走广”是一种有吸引力的选择。广州十三行中有许多闽南籍，特别是漳州籍商人，同文行的潘振承和丽泉行的潘瑞庆，同属漳州龙溪籍，文成行的叶上林和东裕行谢嘉梧，来自漳州诏安县，声名和财富显赫一时。

1757 年，在同文行成立十余年后，一道“一口通商”的圣谕，给潘启带来巨大的机遇。三年后，潘启联合 8 家行商，向朝廷呈请设立“公行”，成为专营中西贸易的封建垄断贸易机构，潘启被朝廷任命为洋商首领，一直到 28 年后病逝。

清政府显然已经意识到，控制“公行”即可以获取巨大的商业利益，又能够控制商业资本，迫使商人不得不终生服务于皇朝体制。事实上，潘启和十三行的行商在成为屈指可数的皇家特许商人的同时，他们的命运已经和帝国的命运紧紧联系在一起了。

在封建王朝的外贸管理体系中，洋商是外商的商务伙伴，法律意义上的承保人和监管人，在外交层面上，他们是中国政府的传话人，同时还要保障海关税饷的征收。这种特殊的身份折射出封建王朝面对外来文明的复杂心态。

接下来，区区一个粤海关是税收很快达到全国 29 个税关税征总额的 1 /4。

作为十三行富商之首，1793 年，同文行的资产为 2000 万两白银，当年，清政府财政收入约为 4000 万银元。那个时候，做行商的“入门券”是 20 万两银子，而两广总督的年俸是 2 万两银子。

来自那个年代的绘画至今仍可显示潘家的财富状况。1776 年，潘启在广州海幢寺西侧购置了一块地皮兴建潘家新宅，新的宅院亭台楼阁、雕梁画栋，犹如人间仙境，极尽奢华。“龙溪乡”的取名则显示了主人与漳州龙溪县的渊源。

潘氏是十三行历史上唯一经商长达百年的商家，他们的成功得益于谨慎地选择合适的贸易对象。潘启以英国和瑞典为主要贸易对象，这两个国家对中国贸易需求量大，商人支付能力强。在当年的对华贸易国中，中国与英国、瑞典茶叶贸易量分别处于第一位、第二位。这就保证了同文行对外贸易额始终保持为同行之首。在相当长的一段时间里，同文行几乎垄断与英国公司的生丝贸易。

在一些著述中，潘启被认为是最早到过瑞典并且投资瑞典东印度公司的中国人。

在今天瑞典哥德堡市博物馆仍保存有一幅 1770 年的油画，画上的那个在码头被瑞典人欢迎的中国商人被证实为潘启。

潘启和瑞典东印度公司贸易额是多少，已经难以确切考证，但是，潘启的商业网络已经越过传统海域而伸展至欧美，并由此而成为一个置身全球贸易体系真正的“世界商人”。事实上，潘启始终没有放弃传统的南洋贸易的机会，1768 年进出广州港的商船中，“协盛”、“万泰”、“坑仔鹅”三艘船的主人就是潘启。

在那个不算遥远的年代，潘启和洋商们开启了一种融汇西方人文精神的商业文化，开放包容、重视实际、平等互惠是他们遵循的行为准则。

潘启是外商乐于打交道的中国商人。在外商眼里，他熟悉他们的交易规则，难以对付但十分守信，言行谨慎但乐于尝试一些新的东西。做生意时双方总是冲突，可是整个过程大家又是亲密朋友。在 1772 年的一次交易中，他接受了一张来自英国东印度公司伦敦董事部的汇票。而在中国，传统的海外贸易只以白银结算。当英国人同意签订一份生丝合约而汇票上的款项作了合约定金的一部分的时候，他的精明和实际赢得了对方的尊敬。

在与十三行有生意往来的英国人眼里，他是行商中最有信用的人物。英国东印度公司的大班与潘启交往始终心怀敬意，甚至声称潘启曾为他们做了很多好事，所以不愿使他不快。

不过，这种颇为令人称道的友善关系，很快将遭遇国与国之间实力对比的不均衡而成为一种奢侈。

十三行的崛起迅速改变了当时的社会生活。

潘启是一个视线开阔的人，几次远航使他积累了丰富的阅历。在一些重要的场合，他总以儒商形象出现，而他喜欢在豪华的西式大厅宴请中外宾客，当家人们陶醉在精美的玻璃器皿、银器、洋酒以及一些西洋玩意儿交织的氛围，潘启便一幅一幅地翻开地图，温文尔雅地用英语，向外国朋友询问国外的风土人情。潘启讲的那种“广东英语”因为融汇了粤语、葡萄牙语，而成为广州流行的外贸语言。

一些油画家，似乎是洋商的家庭的常客，当他们用西方的绘画技巧和材料细心描绘潘启和他的家眷的生活时。我们不仅领略到了200年前西风东渐的中国世俗社会生活，我们也嗅到了那个时代中国绘画艺术上的超前意识。那些洛可可风格的与中国工笔画韵相融合的绘画作品，以及别有韵味的瓷器、茶叶、丝绸，成了那个时代西方社会对中国的最直观的认识，并影响了上流社会的生活时尚。

一些训练有素、知识渊博的西方传教士，经过十三行进入大清皇帝的宫廷，他们的出现，让古老的帝国，睁开一只看世界的眼。

1765年，潘启带领全体行商与法国东印度公司签订一份刊刻铜版大型组画《平定西域战图》的合同，画作由在宫廷供职的意大利人郎世宁、法国人马致诚完成，法国巴黎皇家艺术学院挑选名家柯兴、勒巴弟参加雕版，画作主角是乾隆皇帝，整项工程历时11年，耗资20万镑，被视为200多年前东西方艺术合作的经典巨作。

中西方文化交流，在船来船往中，进入空前繁荣的时期。

潘启的年代，正处于“康乾盛世”顶峰阶段。国力强盛，四方来仪，铺展在大清皇帝脚下的是一片锦绣乾坤。但是，同正在进行工业革命的西方世界相比而言，这个建立在自然经济基础之上的盛世，已经潜伏着一种深刻的社会危机，当帝国垄断商人潘启在阅尽天下财富的时候，已经无可逆转地将面对着衰落的结局，无论是整个帝国，还是潘氏家族。

潘启之后，他的儿子潘有度、孙子潘正炜继续执掌家族事业，被人称作潘启官二世、潘启官三世，漳州商人潘启和他创立的商业兴旺百年，贯穿十三行整个历史，而十三行的历史又与清王朝那段历史紧密相关。

1840年，鸦片战争爆发，十三行历史宣告终结。

经营外贸长达一个世纪的龙溪潘氏从此淡出商界，成为广东著名的书香门第。

那时，大清帝国，正迎来关乎它最后命运的潇潇风雨。

让我们从十三行的历史中回眸远望，追寻漳州商人走向世界的足迹，领略他们在风云变幻的国际舞台上的荣辱兴衰，感受他们远涉重洋的勇气、敢为人先的品质、积极求变的心态和闪烁其间的家国理念。一个值得思考的问题是:在经济合作日益全球化的今天，一个出类拔萃的群体所创造出来的商业文化和财富理念,无论作为地域特征或者历史传承,将如何为继续拥有这种精神的城市与人,开创一种充满遐想的未来空间?

结束语

让我们从十三行的历史中回眸远望，追寻漳州商人走向世界的足迹，领略他们在国际舞台上的荣辱兴衰，感受他们远涉重洋的勇气、敢为人先的品质，深邃远大的目光、积极求变的心态和闪烁其间的家国理念。我们感动，我们深思。在经济全球化的今天，漳州商人所创造的商业文化和财富理念，无论作为地域特征，无论作为文化传承，将给我们这个城市怎样的历史启示？将给我们这个城市怎样的精神驱动？

对于这个城市，对于未来，我们充满遐想，我们充满期待。